ars vivendi®

Christine Grän

STERNSTR. 24

24 Weihnachtsgeschichten vom Parterre bis unters Dach

ars vivendi

1. Auflage Oktober 2015

www.arsvivendi.com

Lektorat: Stefan Imhof
Druck: CPI Ebner & Spiegel, Ulm
Printed in Germany

ISBN 978-3-86913-574-8

Sternstr. 24

Albian Fehrendonk
Familie Kleist
Familie Kinkel
Jonas »Johnny« Januschek
Penny & Anton
Valentina Blum
Familie Kern
Anna & Peter Hammer
Sissy von Kuehnen
Marie Singer

Inhalt

1

Der Weihnachtsdeal

Maries Deli ist ein Raum in Esszimmergröße. Strenge, hohe Regale an den Wänden, gefüllt mit Weinen und Säften, Delikatessen und Gewürzen, Patisserien und feinem Konfekt. Ein großer Holztisch mit zehn Stühlen drängt Stehpult und Kühlschrank in die Ecken. Kein Ort für Supermarktfreaks, doch wer ihn aufsucht, kann lange bleiben. Mittwoch bis Sonntag von zwölf bis zweiundzwanzig Uhr bietet *Maries Deli* ein Tagesmenü, Mehlspeisen, Snacks sowie Getränke aller Art.

Marie ist vor vier Jahren in die Sternstraße gezogen, sie hat das kleine Ladenlokal und die angeschlossene Wohnung im Parterre gemietet, einen Kredit aufgenommen und Möbel bei eBay gekauft. Eine Existenzgründung scharf am Rande des Scheiterns. Viel Arbeit für wenig Geld, doch Geld immerhin, das ein kleines Leben ermöglicht. Für Personal reicht es nicht, manchmal springt eine Freundin oder eine Nachbarin für ein paar Stunden ein.

Die Sternstraße 24 ist ein Haus, in dem die Bewohner sich kennen und aufmerksam miteinander umgehen. Immer neugierig und gelegentlich boshaft, doch zumeist im Rahmen des nachbarschaftlichen Klatschgefälles. Wenn hässliche Worte fallen, dann hinter verschlossenen Türen. Nicht dort, wo sich die Hausbewohner, aber auch Leute aus der Straße oder dem Viertel treffen: in *Maries Deli*. Sie alle wohnen in jenem Teil Schwabings, der in diesen zinslosen Zeiten vergoldet wird: Hausbesitzer stocken auf, um Dachterrassenwohnungen teuer zu vermieten. Innenhöfe und Gärten werden zu Spekulationsobjekten für Neubauten. Baustellen an jeder Ecke nerven die Anwohner. Das alte Schwabing ist dabei, sein Gesicht zu verlieren. Zur Betonwüste zu verkommen. Doch noch ist es nicht so weit, und Marie kann von ihrer Küche auf einen Garten mit Kastanienbäumen schauen, der von den Mietern gemeinsam genutzt wird.

Ihr Wohnhaus ist ein Bau aus der Jahrhundertwende mit Stuckdecken und Jugendstiltüren, knarzenden Parkettböden und langen, schmalen Fluren und Toiletten. Ein Teil der Wohnungen ist vermietet, andere wurden verkauft. Der Hausbesitzer ist ein Weltreisender, der im sechsten Stock logiert. Seine Wohnung ist überwiegend verwaist. Wenn überhaupt, kommt er im Sommer nach München, sobald die Sonne auf seine Dachterrasse scheint. Albian Fehrendonk hat das Haus von seinen Eltern geerbt, er war ein Einzelkind, was er im Erbfall zu schätzen wusste. Er besitzt noch fünf weitere Mietshäuser, und er lässt sie alle von einem Verwalter betreuen, während er auf Reisen ist. Auf der Suche nach – ja, was?

Abenteuer ist ein großes Wort mit vielen Deutungsmöglichkeiten. Doch weil er nicht gern über sich spricht, sich aber zu einer höflichen Antwort verpflichtet fühlt, sagt er eben das. Es bringt die Leute meist zum Schweigen, jeder hat eine eigene Vorstellung von Abenteuer. Albian ist Jahrgang ’75, er war ein stilles Kind und ein ziemlich verzweifelter Jugendlicher. Abgebrochenes Philosophiestudium, bindungsscheu, von Beruf Erbe. Seine Eltern ließen zu Lebzeiten nichts unversucht, ihn mit ihrer Meinung nach passenden Mädchen zu verkuppeln. Lauter Fehlschläge. Albian flüchtete in ferne Länder, schlug sich mit Gelegenheitsjobs durch und kehrte erst wieder zurück, um seine Eltern zu begraben und die Erbschaft zu regeln.

Marie hat Albian Fehrendonk dreimal getroffen. Beim ersten Mal kam er ins *Deli*, um nach einem Tee zu fragen, den sie nicht führte (inzwischen hat sie eine kleine Menge auf Lager). Die zweite Begegnung fand an einem Sommerabend statt, als die Leute draußen vor der Tür standen, Wein oder Bier tranken, redeten, lachten und rauchten. Er trank badischen Grauburgunder und unterhielt sich mit Mietern, die ihn noch aus seiner Kindheit kannten. Henriette aus dem vierten Stock mit ihrem Sohn Bernhard, der wieder bei ihr eingezogen ist. Valentina Blum, siebzig, ehemaliges Fotomodel und Eigentümerin der Wohnung mit Südbalkon im zweiten Stock. Anna und Peter Hammer, seit über fünfzig Jahren verheiratet und ebenso lange in der Sternstraße 24 zu Hause. Peter ist Maler und Anna seine Muse, daran hat die Zeit nichts geändert. Die beiden kommen häufig ins *Deli*, weil sie Geselligkeit mögen, Wein und Mehlspeisen. Peter Hammer, der die Wohnung neben Sissy von Kuehnen kaufte, als er mit seiner Kunst noch gut im Geschäft war, hat inzwischen Schwierigkeiten, die Treppen zu steigen. Das Hüftgelenk. Die Knie. Das verdammte Alter. Doch Anna, die sich mit Gymnastik fit hält, stützt ihn, und manchmal sieht es sogar aus, als ob sie ihn trägt.

Valentina, verblühte Schönheit mit zunehmender Gedächtnisschwäche, flirtete an jenem Abend mit Albian Fehrendonk, nicht zielgerichtet, es war einfach ihre Art, mit Männern umzugehen. Dass er sich auf das eher seltsame denn frivole Spiel einließ, fand

Marie damals einen netten Zug. Doch dann gab es eine dritte Begegnung, nach der sie ihre Meinung über ihn revidierte. Marie hatte ihr Auto vor seiner Einfahrt geparkt, weil sie in Eile war und annahm, dass er ohnehin nicht in München sei. Als er dann im *Deli* aufkreuzte, gab er ihr eine Minute, ihre »Schrottkarre« zu entfernen. Eisiger Ton und eine völlig überzogene Reaktion auf eine Lappalie. Sie schluckte Zorn und fuhr den Van um die Ecke. Als sie zurückkam, war Albian Fehrendonk verschwunden, und kurze Zeit später hörte sie das Dröhnen seines alten Porsche. Danach sah sie ihn monatelang nicht mehr.

Weshalb sie erschrickt, als er nun am Fenster des *Deli* steht. An einem 1. Dezember hätte Marie ihn nicht erwartet. Ein Wintertag der übelsten Art: kalt, nass und grau. Sie sitzt am Tisch und befestigt nachtblaue Kerzen am Adventskranz. Dieser ist groß und mit Federn in Blautönen geschmückt. Sie hat ein Talent zur Dekoration, eine von vielen Begabungen, die zu nichts führten. Fehrendonk starrt sie durchs Fenster an. Was will er von ihr? Die Miete hat sie bezahlt, und die »Schrottkarre« ist ordentlich geparkt. Marie hat den Vorfall nicht vergessen. Sie ist nachtragend. Kann schwer verzeihen. Auch sich selbst.

Als er die Tür öffnet, ertönt die *Internationale*, ein akustischer Gag, der in Berlin besser ankommen würde als in München. Das Einzugsgeschenk einer Freundin, die es auch gleich installierte.

Fehrendonk ist braun gebrannt, trägt einen Dreitagebart, mindestens, und seine dunklen Haare sind zu lang. Marie findet, dass er trotz der Bräune schlecht aussieht, müde und ausgebrannt. Wovon eigentlich, wenn er für sein Geld nie arbeiten musste?

»Schöne Deko«, sagt er anstelle einer Begrüßung, und sie weiß nicht, ob er die Lebkuchenkrippe im Schaufenster meint, das Gesteck aus Baumwollzweigen oder den federgeschmückten Adventskranz.

»Danke.« Sie steht auf und stellt zum ersten Mal fest, dass sie um ein paar Zentimeter größer ist als er. Ein ziemlich kleiner Mann, obwohl er nicht so wirkt. Klein und kräftig, aber nicht fett. Sie findet, dass er Ähnlichkeit mit einem Schauspieler hat, dessen Name ihr gerade nicht einfällt. »Kann ich was für Sie tun? Kaffee? Tee? Wein? Bier?«

Fehrendonk setzt sich auf einen der Stühle, keiner gleicht dem anderen, weil Einzelstücke leichter zu ersteigern waren. Er reibt sich mit den Händen die geröteten Augen. »Ein doppelter Espresso wäre nett. Ich bin erst seit Kurzem zurück, und der Jetlag ist grauenhaft.«

Marie bringt Espresso aus der Küche. Auch die Espressomaschine hat sie gebraucht gekauft und hofft, dass diese noch eine Weile durchhält. So gut wie alles im Laden und in der Wohnung ist secondhand. Gebrauchte Möbel und Elektrogeräte waren billig zu haben, und ihr Bruder half ihr beim Transport. Sie hatte Glück, ein Wort, das sie in den letzten Jahren eher selten strapazierte.

»Hühnersuppe«, sagt Marie. »Ich habe frisch gekochte Hühnersuppe, die gegen nahezu alles hilft.« Sie zeigt auf die Tafel mit den Tagesgerichten. »Es gibt auch Fleischpflanzerl mit Kartoffelsalat und Topfenpalatschinken.«

»Hühnersuppe.«

»Was zu trinken dazu?«

Er überlegt, als ob das eine Gewissensfrage sei, und schüttelt dann den Kopf. »Nein, danke. Meinen Sie, dass Sie meine Wohnung dekorieren könnten? Jahreszeitgemäß. Und dann brauche ich noch Weihnachtsgebäck. Und einen Baum, wenn es so weit ist. Geschmackvoll geschmückt. Den Punsch. Die Gans. Das ganze Brimborium …«

Sie hat ihr Gesicht unter Kontrolle. Keine Überraschung, keine Gier. Keine Neugierde vor allem. Er war seit dem Tod seiner Eltern noch nie zu dieser Zeit in München, das weiß sie von anderen Hausbewohnern. Wieso kann der Erbe seinen Weihnachtskram nicht selbst erledigen? Welche Gutsherrenart ist das denn? Einerseits würde sie gern Nein sagen, andererseits kann sie Geld gebrauchen. Was die Untertreibung des Jahres ist. »Weihnachten ist im *Deli* viel los, aber ich könnte vielleicht … es ist eine Preisfrage, denke ich.«

»Wie fast alles im Leben«, sagt Fehrendonk und sieht sie an, als wäre ihm egal, was sie fordert.

Du hast leicht reden, denkt Marie und geht in die Küche, um zu überlegen, welcher Betrag fair wäre. Kommt zurück mit einem Teller Hühnersuppe und Baguette und stellt sie vor ihn hin. Ihre Suppen sind im Winter gefragt: Hühnersuppe, Bohnensuppe, Linsensuppe, Gemüsesuppe, Gulaschsuppe, Fischsuppe … Meistens kocht sie nachts, wenn das *Deli* geschlossen hat. Hört afrikanische Musik und beschließt ihren Tag in der Küche. Seit sie vierzig wurde und ihr Leben radikal umstellte, braucht sie weniger Schlaf. Sie könnte auch von einer Schlafstörung sprechen, doch das klingt so negativ.

Fehrendonk löffelt schweigend, während Marie ein junges Paar bedient, das nach einem »guten Roten zum guten Preis« sucht. Sie empfiehlt den beiden einen 2011er Spätburgunder aus dem Kaiserstuhl für siebzehn Euro. Ihre Auswahl an Rotweinen ist überschaubar, im *Deli* bietet sie ausschließlich deutsche Weine an – eine Frage von Finanzierungs- und Lagermöglichkeiten. Außerdem, aber dies erst an dritter Stelle, ist es eine Kompetenzfrage. In der deutschen Weinlandschaft kennt sie sich recht gut aus und kann ihre Gäste ordentlich beraten. Bei den Lebensmitteln versucht sie regionale, also bayerische Produkte anzubieten und zu verarbeiten. Bio, wenn's geht. Klein, wie der Laden nun einmal ist, hat sie nur die Chance, in einer Qualitätsnische zu überleben.

Auf Fehrendonks Wunsch hin bringt Marie ihm einen zweiten Suppenteller, den er ebenso schweigsam löffelt wie den ersten. Leute, die mit solcher Hingabe essen, findet sie sympathisch. Hausbesitzer, denen alles in den Schoß gefallen ist, aber nicht. Zwei Herzen schlagen in ihrer Brust, die deutlich zu groß geraten ist. Marie hatte von Jugend an Probleme mit ihrem Busen, der peu à peu den Gesetzen der Schwerkraft folgt. Meist trägt sie weite T-Shirts oder Kleider, die ihre Taille betonen. Das einzig Schlanke an ihr, findet Marie, die irgendwann dann doch aufhörte, sich einen anderen Körper zu wünschen. Ein anderes Leben schon. Doch es war allein ihre Schuld.

»Sie sind eine gute Köchin«, sagt Fehrendonk, als sie seinen leeren Teller abräumt. Es klingt mehr nach einer Feststellung als nach einem Kompliment. Er hat nicht ein Jota Charme, denkt Marie, dafür einen Haufen Geld, das ist dann wohl der Ausgleich.

»Was halten Sie davon, dass Sie die anfallenden Kosten abrechnen und ich noch eintausendfünfhundert Euro drauflege?«

Marie stellt den Teller auf das Pult. Das ist mehr, als sie erwartet hat. Ein Weihnachtsgeschenk! »Für Kekse, Deko, Baum und Gans?«

Er zeigt auf den Adventskranz: »Ja, und so einen möchte ich auch haben. Der gefällt mir.«

Sie wäre eine Idiotin, wenn sie ablehnen würde. Marie nickt. »Brauchen wir einen Vertrag oder reicht ein Handschlag?«

Zum ersten Mal lächelt er. Ein leichtes Anheben der Mundwinkel. Albian Fehrendonk, der für seinen Rufnamen in Schulzeiten heftig büßte, streckt ihr seine rechte Hand entgegen. »Auf fröhliche Weihnachten, Marie. So darf ich Sie doch nennen, oder? Ich heiße Albian. Ich denke, ich habe diesen bescheuerten Namen, weil ich in Albiano gezeugt wurde. Ein Kaff in Norditalien. Meine Mutter war Italienerin.«

Von der Italienerin hat Marie schon gehört. Eine verhinderte Opernsängerin, die die Bewohner des Hauses zu Tages- und Nachtzeiten mit Arien quälte. Als die Fehrendonks bei einem Autounfall ums Leben kamen, mischte sich in die gebotene Trauer ein Quantum Erleichterung. Der Erbe war als absenter Hauswirt sehr viel angenehmer, und seine Mieterhöhungen blieben moderat.

Marie schüttelt seine Hand, und der Weihnachtsvertrag wird besiegelt. Wahrscheinlich ist sie unvorsichtig, weil er die Vornamen vorgeschlagen hat: Sie fragt ihn, warum er sie für Weihnachten engagieren will.

Wenn sein Gesicht ein Fenster wäre, hätte er die Rollläden mit einem Knall geschlossen. »Das geht Sie nichts an, Marie. Den Kranz möchte ich möglichst schnell. Die Weihnachtsbäckerei in der zweiten Adventswoche. Das ist doch machbar, oder?«

Sie nickt nur und denkt, dass er doch nur ein arroganter Affe ist. Außerdem missfällt ihr sein Rasierwasser, es riecht nach verbrannten Orangenschalen. Eisstimme: »Gut. Ich schlage vor, Sie zahlen einen Vorschuss von vierhundert, ich rechne das dann mit Belegen ab. Das Honorar zur Hälfte jetzt, die andere Hälfte am 24. Dezember. Espresso und Suppe gehen heute aufs Haus.«

Marie findet sich unverschämt, doch er akzeptiert ihren Vorschlag ohne Zögern. Für die Einladung bedankt er sich mit einer kurzen ironischen Verbeugung. Als ob er ein Problem damit hätte, Danke zu sagen. Marie gibt ihm einen Rechnungsvordruck mit ihren Kontodaten und verkauft ihm noch zwei Flaschen Eichberg Grauburgunder von 2012. Weingut Salwey, eines ihrer Favoriten vom Kaiserstuhl.

Als er geht, hinterlässt er Orangengeruch, und Marie hält die Tür für ein paar Minuten offen. Grau ist es draußen und nasskalt, doch der Dezember ist ein guter Monat, geschäftlich gesehen. Besonders mittags läuft es dank der vielen Stammkunden, die bei ihr essen oder etwas mitnehmen. Alkohol geht um die Tageszeit kaum, außer bei den Trinkern. Bernhard Kinkel aus dem vierten Stock gehört dazu, freier Journalist und früher gut bezahlter Autor.

Heute zehrt er von den spärlichen Resten seines Ruhms und klagt darüber, am Hungertuch zu nagen. Auf einer Visitenkarte, die er privat aushändigt, steht als Berufsbezeichnung »Schluckspecht«.

Besser ein bekannter Alkoholiker als ein anonymer. Sein Lieblingsspruch, über den Marie nicht lachen kann. Doch bis zu einem gewissen Pegel ist Bernhard liebenswürdig und witzig, erst danach fängt er an, zu viel und Unsinn zu reden. Dann verkauft sie ihm nur noch Kaffee oder Wasser, was ihn unweigerlich vertreibt. Zwei Straßen weiter existiert ein Lokal, in dem sich Schwabings hartgesottene Trinker treffen, dort gibt er sich meistens den Rest.

Auch an diesem Nachmittag ist Bernhard der einzige Gast, der noch am Tisch sitzt und trinkt. Wenn das Mittagsgeschäft vorbei ist, kehrt oft bis zum Abend Ruhe ein. Dann isst Marie von ihrem Tagesgericht, trinkt Kaffee und geht vor die Tür, um eine Zigarette zu rauchen. Rituale, die sie braucht, um von einem Tag zum nächsten zu kommen. Die zwei, drei Stunden Muße sind ein Geschenk, das von Laufkundschaft unterbrochen wird, doch zumindest schafft sie es fast immer, die Zeitung zu lesen, Überschriften und ein paar Artikel, die sie interessieren.

Im *Deli* liegen die *Süddeutsche* und die *Abendzeitung* aus, die Bernhard, der fast täglich kommt, eingehend studiert, bevor ihm die Zeilen verschwimmen. Er trinkt ausschließlich Riesling von der Nahe, den Marie in größeren Mengen geordert hat. Die Weinkennerschaft ist eine seiner vielen Tarnkappen. Er würde nie zugeben, auch nicht vor sich selbst, dass er alles trinken würde, um einen gewissen Pegel zu halten. Nach drei Stunden und zwei Flaschen ist er in einem Zustand der Glückseligkeit, der auf Rasierklingen des Selbsthasses balanciert.

»Du solltest einen Teller Hühnersuppe essen«, sagt Marie, »so als Ausgleich.«

Bernhard sieht ein, dass er bisweilen auch essen muss: »Ich nehm lieber die Fleischpflanzerl, die passen besser zum Riesling. Habe ich vorhin den Hausbesitzer in seinem Peniswagen gesehen – oder war das eine optische Täuschung?«

Bernhard hat kein Auto. Er hat auch keine Wohnung mehr, sondern ist zurück zu seiner Mutter gezogen, nachdem sich seine Frau von ihm getrennt hatte. Er besitzt einen Laptop, teure Anzüge, maßgeschneiderte Hemden und Schuhe aus Budapest. Sozusagen Altlasten. Solange er Wert auf sein Äußeres legt, ist alles im Lot. Glaubt er. Oft lässt er bei Marie anschreiben, doch einmal im Monat kommt er zur Begleichung seiner Schulden mit einem Bündel Hunderteuroscheine, über deren Herkunft er kein Wort verliert.

Marie bestätigt die Ankunft von Fehrendonk, sagt aber nichts über den Weihnachtsdeal. Es wäre ihr lieber, ihn geheim zu halten, obwohl Geheimnisse es in diesem Haus schwer haben. Ohne dass sie es wollte, ist Marie zum Umschlagplatz von Nachrichten geworden. Wie eine Concierge in Paris oder eine Hauswartin in Wien. Keine Ahnung, ob ihr diese Rolle liegt, doch das sind seidene Sorgen. Dieser Laden, das ist ihre neue Existenz und vielleicht die letzte Chance. Sie hat schon zu viele verspielt.

»Ich glaube, dass er schwul ist.« Bernhard hält ihr sein leeres Glas hin, und Marie schenkt nach, während sie überlegt, ob das klug ist.

»Wer ist schwul? Fehrendonk? Wie kommst du denn darauf?«

»Intuition. Hast du ihn je mit einer Frau gesehen? Die Pflanzerl sind übrigens gut, aber lätschert. Ich brauch was von deiner Chilisauce.«

Marie stellt ihm ein Glas hin, sie verkauft ihre feuerscharfe Sauce auch im Laden.
»Ich weiß nicht ... ist ja auch egal, oder? Was machst du zu Weihnachten?«

»Barbados. Nein, ich glaube, heuer eher nicht, haha. Ich feiere mit meiner alten Mutter, wie sich das für einen guten Sohn gehört. Ich werde mir die volle Dröhnung geben.«

Machst du doch jeden Tag, denkt Marie, doch sie lächelt nur. Die Wahrheit wird überschätzt, und Ehrlichkeit gegen sich selbst wäre schon eine Meisterleistung.

»Und du?«

Marie zieht die Schultern hoch. Nicht an Weihnachten und Familie denken in dieser Krisenjahreszeit!
»Keine Ahnung, bis zum 24. muss ich arbeiten. Danach könnte ich zu meinem Bruder fahren, er hat mich eingeladen. Ich kann bloß seine Frau und die Kinder nicht leiden.«

Das mit den Kindern wollte sie nicht sagen, aber tatsächlich findet sie die Zwillinge verzogen und nervtötend, während sie von ihrer Schwägerin nur akzeptiert wird, wenn sie die demütige Verwandte und lustige Kinderhüterin spielt. Nein, sie wird nicht nach Frankfurt fahren. Ihr zweiter Bruder lebt in Berlin und hat für Familie und Familienfeste wenig übrig. Mit Henry versteht sich Marie am besten, doch Henry findet, dass er für seine Schwester schon genug getan hat, was sie verstehen kann.

»Die Scheißverwandtschaft ist das furchterregende Gespenst aller Weihnachten«, sagt Bernhard. Seine Glückseligkeit steht an der Klippe und ist bereit zum Absturz. Er ahnt es und versucht dagegen anzutrinken. Marie entscheidet, dass er nun genug hat, zumindest auf ihrem Territorium. Als sie sich weigert, ihm ein weiteres Glas einzuschenken, protestiert er nicht, das hat er sich abgewöhnt, sondern verlangt nach der Rechnung, die er schwungvoll unterschreibt. Dann sieht er sie mit diesem Hundeblick an, von dem er glaubt, dass Frauen ihn mögen: »Liebste Marie, könnten wir einen Deal für Weihnachten schließen?«

Noch einer? Marie sieht ihn fragend an.

»Eigentlich ist es mehr ein Weihnachtswunsch«, sagt Bernhard. »Kannst du mir in dieser Zeit, in der ich an Konsumterror, Zimtallergie und beschränkten Öffnungszeiten leide, genug zu trinken ausschenken? Mich nicht mit Wasser von diesem zauberhaften Ort vertreiben?«

Sie legt den Kopf schräg, das macht sie oft, wenn sie eine Entscheidung treffen soll, die ihr schwerfällt. Sagt schließlich: »Aber nur Wein oder Bier. Und nur, wenn du dich benimmst.«

Ein halber Sieg für Bernhard Kinkel, aber immerhin. Er nimmt seinen Kaschmirmantel aus besseren Tagen und verlässt sein Wohn-, Ess- und Trinkzimmer, um sich anderen Ortes einen Absacker zu genehmigen.

Marie sieht ihm nach, wie er vorsichtig ausschreitend die Straße überquert. Ein Autofahrer hupt, bremst aber für Betrunkene. Im Geschäft gegenüber dekorieren sie das Schaufenster mit Engeln und Lametta. Sigrid winkt ihr zu, sie wohnt im zweiten Stock und ist auf der Suche nach einem Parkplatz. Der Anwohnerparkschein hilft auch nichts, wenn die Lücke fehlt. Und jetzt beginnt es zu schneien. Nasse, schwere Flocken taumeln zur Erde. Das war Maries Lieblingslied als Kind: *Leise rieselt der Schnee.* Während sie die Melodie im Kopf abspielt, denkt sie, dass Weihnachten die Hölle der Einsamen ist. Vielleicht aber auch der Mütter und Großmütter, überhaupt aller Frauen.

2

Das Kuckucksnest

Sigrid atmet tief durch, um nicht aufzuschreien. Die Suche nach einem Parkplatz in Hausnähe ist jedes Mal qualvoll, und am liebsten würde sie ihr Auto mitten auf der Straße abstellen. Oder in Fehrendonks Einfahrt, aber sie hat schon gehört, dass der Typ in der Stadt ist. Sissy, die Klatschtante vom ersten Stock, hat Augen und Ohren, die durch Wände und Decken gehen. Da! Eine Lücke, in die sie abrupt einbiegt, sie hat vergessen, den Blinker zu setzen, und der Fahrer hinter ihr hupt wütend. Sie zeigt ihm den Mittelfinger, und Max auf dem Rücksitz sagt prompt: »Das tut man nicht.«

»Entschuldige bitte.« Ihr Sohn ist sechs und ein Klugscheißer. Moritz hinten im Babysitz kann Gott sei Dank nicht mitreden. Er ist erst drei Monate alt. Vater Patrick arbeitet für eine PR-Firma und ist viel unterwegs. Was im Umkehrschluss bedeutet, dass sie mit den Kindern viel allein ist. Sigrid arbeitete in derselben Firma wie Patrick, bis das erste und dann das zweite Kind zur Welt kam. Jetzt, sie weiß es, wird sie in dem Laden keine Karriere mehr machen. Es gibt zu viele junge Mädchen, die mit den Hufen scharren, die immer einsatzbereit und so verflucht hungrig sind. Sie war ja nicht anders, bis sie Mutter wurde. Ihr Spitzname in der Firma war »Sigibitch«. Andere Zeit, versunkene Welt. Schöne andere Welt aus heutiger Sicht.

Sigrid bricht sich einen Fingernagel ab, als sie den Gurt öffnet und Moritz aus dem Kindersitz befreit. Er beginnt zu schreien, weil er geschlafen hat. Max ist aus dem Wagen gesprungen. Es schneit in schweren, nassen Flocken, und er bewirft Sigrid mit Schneebällen, während sie den Buggy aus dem Kofferraum holt. Den Volltreffer in ihr Gesicht findet er zum Brüllen komisch. Moritz heult, sie schreit jetzt auch. Irgendwas. Aufhören! Verdammte Scheiße …

Max lässt seinen Schneeball fallen und sieht sie aus großen, anklagenden Kinderaugen an. »Es tut mir leid«, sagt Sigrid, während sie sich den Schnee aus dem Gesicht wischt. Moritz im Buggy heult immer noch. Sie holt zwei volle Einkaufsnetze vom Rücksitz und schließt den Wagen per Knopfdruck. Mit einer Hand schiebt sie den Buggy, in der anderen trägt sie die Einkäufe und ihre Handtasche.

»Bleib stehen, Max! Du kannst doch nicht einfach über die Straße rennen.«

Und wie er das kann, doch er fügt sich ihrer schrillen Stimme. Auf der Straße liegt matschiger, brauner Schnee, der schön spritzt, wenn man fest auftritt. Max bleibt vor Marie stehen, die vor dem *Deli* eine Zigarette raucht.

»Rauchen ist ungesund«, sagt Max zu Marie.

»Ich weiß.«

»Und warum tust du es dann?«

»Weil ich eine Krücke brauche.«

Max mag Marie, oder besser gesagt: ihre Kekse und Kuchen. Weshalb er diesen unverständlichen Satz überhört und sich der Krippe aus Lebkuchen zuwendet.

»Hast du das gemacht?«

»Ja.«

»Kann man das essen?«

»Ja.«

»Kann ich ein Stück haben?«

»Nein. Aber Vanillekipferln. Ganz frisch.«

Max nickt voller Gnade, und Marie tötet ihre Zigarette am Mauervorsprung. »Na, dann komm.«

Sigrid mag Marie, unter anderem, weil Moritz aus Gründen, die niemand weiß, bei ihrem Anblick verstummt und zu lächeln beginnt. Wie jetzt.

»Komm rein und trink ein Glas Wein.« Marie hilft ihr mit dem Buggy, schenkt ihr ein Glas Wein ein und stellt Max einen Teller mit Vanillekipferln hin.

»Nur zwei Stück«, sagt Sigrid, »es gibt bald Abendessen.«

Max verdreht die Augen. Moritz lächelt immer noch. »Er ist hinreißend«, sagt Marie.

Manchmal, denkt Sigrid. Wenn er lächelt oder wenn er schläft. Niemand hat sie darauf vorbereitet, was es heißt, Mutter zu sein. Jetzt kommt es ihr vor, als sei ihr Leben auf eine eingleisige Spur ohne Weichen gestellt – für die nächsten achtzehn Jahre. Dann ist sie achtundvierzig, aus heutiger Sicht uralt. Wenn sie Pech hat, wird Patrick Karriere machen und sie gegen eine junge, hungrige Assistentin eintauschen.

Sie leert ihr Weinglas und nimmt Max den Teller weg. Kauft eine Flasche Riesling, weil sie denkt, dass sie an diesem Abend noch Trost brauchen wird.

»Komm doch runter, wenn die Kinder schlafen«, sagt Marie. »Patrick ist weg, oder?«

»Er kommt übermorgen aus Berlin zurück.« Er wird mich anrufen, denkt Sigrid, und mir erzählen, dass er mit den Jungs noch um die Häuser zieht. Patrick lebt sein Leben weiter, zumindest, wenn er unterwegs ist. Sicher ist er ein guter Vater, wenn er da ist. Nur ist sie dazu verdammt, immer da zu sein. Gefesselt an ein Baby und an einen Sechsjährigen, der den ersten Preis in einem Wettbewerb für Nervensägen gewinnen würde.

Ich bin eine Rabenmutter, denkt Sigrid, ich sollte dankbar sein für meine wundervollen Kinder, die jetzt schreien, weil sie Marie nicht verlassen wollen.

Sigrid hievt die beiden nach oben in den zweiten Stock. In die Wohnung, die gemeinsam gemietet wurde, als sie schwanger war. Heiraten will Patrick nicht, das findet er spießig. Prinzipiell gibt sie ihm recht, doch dass die Kinder ihren Namen tragen, missfällt ihr. Wenn sie größer sind, werden sie Fragen stellen. Die soll Patrick dann beantworten.

Sigrid wickelt Moritz und gibt ihm die Flasche, bevor sie ihn ins Bett legt. Erst dann hat sie Zeit, ihre Einkäufe zu verstauen. Max spielt mit seinen Robotern und lässt sie wissen, dass er Hunger hat. Sie hat frisches Gemüse gekauft, doch jetzt fehlt ihr die Energie, noch zu kochen. Stattdessen nimmt sie eine Pizza aus dem Tiefkühlfach und schiebt sie in den Ofen. Das Gemüse wird sie am nächsten Tag zubereiten, am besten mit Würstchen, die Max gerne isst. Was sie zu der Frage bringt, was sie in diesem Jahr zu Weihnachten kochen soll. Es ist schwierig, weil Max und Patrick so ganz andere Vorstellungen haben als ihre Mutter. Sohn und Vater wollen »ein Stück Fleisch«, während Sigrids Mutter Fisch gerade noch akzeptiert. Sigrid ist es im Grunde egal, es soll nur schnell gehen und möglichst wenig Arbeit machen. Fast Food ist schuld daran, dass sie ein paar Kilos zu viel wiegt, doch zwischen Baby, Kleinkind und Haushalt ist es verdammt schwer, sich auch noch um gesunde Ernährung zu bemühen. Oft ist sie abends so müde, dass sie vor dem Fernseher einschläft. Um dann von Moritz geweckt zu werden, der um Mitternacht herum nach seiner Flasche kräht. Wenn Patrick da ist, übernimmt er häufig die Nachtschicht. Er kommt mit wenig Schlaf aus, während Sigrid immer schon ihre sechs Stunden am Stück brauchte, um sich wie ein Mensch zu fühlen.

Sie teilt sich mit Max die Pizza und schenkt sich ein Glas Wein ein. Er trinkt Kakao mit Eiswürfeln, sein neues Lieblingsgetränk, stellt Fragen zu Weihnachten, Weihnachtsmann, Rentieren und Geschenken und macht sich darüber Sorgen, dass die Wohnung keinen offenen Kamin hat. Sigrid bemüht das Christkind, das keinen Kamin braucht. Sie kann sich nicht erinnern, wann sie aufhörte, an Wunder zu glauben. Die Kindheit ging so schnell vorbei, die

Pubertät war eine Katastrophe, und danach kamen ihre besten Jahre während des Studiums und in der Firma. Dann lernte sie Patrick kennen, und irgendwann war sie schwanger. Unabsichtlich.

Max hat sein Stück Pizza aufgegessen und den Kakao getrunken. Er weiß, was jetzt kommt: Waschen, Zähneputzen, Schlafen. Max hasst es. Er sagt, dass er noch Hunger und Durst habe, Sigrid kennt das Spiel und sagt Nein. Er kennt es auch und widerspricht. Nach einigem Hin und Her, Drohungen und Versprechen, trollt er sich ins Badezimmer und dann in sein Bett. Sigrid liest ihm eine Kurzgeschichte vor, bei der er einschläft, dann löscht sie leise das Licht. Wenn ihre Kinder schlafen, spürt sie die Liebe, die vollkommen sein soll: die einer Mutter. Was stimmt nicht mit ihr?

Es ist kurz nach acht, sie hat jetzt ein paar Stunden Zeit, bis Moritz aufwacht und nach Essen schreit. Erwägt, ins *Deli* zu gehen, doch dann ist sie zu faul und setzt sich mit einem Glas Wein vor den Fernseher. Sie hat die Flasche fast leer getrunken und ist schon kurz vor dem *Tatort*-Schlaf, als Patrick über Skype anruft. Sigrid geht an den Computer und sieht in ein vertrautes Gesicht.

»Ich wollte mich nur schnell melden, bevor wir auf die Piste gehen. Wie geht es meiner Lieblingsfamilie?«

Sigrid versucht ein Lächeln. »Gut, alles ist gut.«

»Du siehst müde aus.«

Weiß sie, er hingegen wirkt frisch und unternehmungslustig. »Na ja, Moritz hält mich auf Trab. Und Max fragt mir die Seele aus dem Leib.«

»Er wird mal so klug wie sein Vater.« Patrick sieht an ihrem Gesicht, dass der Satz nicht so gut ankam. »Und seine Mutter natürlich. Ihr fehlt mir.«

Sigrid wünschte sich, sie hätte die Lippen nachgezogen und sich frisiert, bevor er anrief. Diese bescheuerten Videotelefonate, bei denen du dir vorkommst wie im falschen Film. »Du fehlst uns auch. Wo geht ihr hin?«

»Ach, keine Ahnung. Wir treffen uns in der Hotelbar, und dann ziehen wir los.« Er sieht auf seine Uhr. »Aber erst in einer Viertelstunde. Wir können noch etwas reden. Hast du dir schon über Weihnachten Gedanken gemacht? Was wünschst du dir?«

Schlaf, denkt Sigrid. Mehr Zeit und weniger Kinderkram. Konversation mit Erwachsenen, statt Max auf seine tausend Fragen zu antworten. Meinen Job zurück …

»Du bist wunschlos glücklich«, sagt Patrick.

Sein Lausbubenlächeln hält er für unwiderstehlich. Patrick ist ehrgeizig und clever, hat aber Vorbehalte gegen das Erwachsenwerden. Ist er wirklich so blöd, zu glauben, dass ihr nichts zum Glück fehlt? Oder macht er sich keine Gedanken darüber – was schon eher zu ihm passt.

»Nein, ich … denke darüber nach.«

Patrick wechselt das Thema: »Dieses Jahr sind meine Eltern an Heiligabend dran. Meine Mutter kann dir beim Kochen helfen.«

Seine Mutter kann nicht kochen. Sie ist Apothekerin und wirft ständig irgendwelche Pillen ein, die sie wunschlos glücklich machen sollten. Patricks Vater ist Arzt im Ruhestand, er interessiert sich nur noch für Golf und nimmt seine Mahlzeiten im Clubhaus ein. Sigrid überlegt eine Sekunde, ob sie das Thema aufnehmen oder lieber warten soll, bis Patrick in München ist.

»Deine Mutter war letztes Jahr bei uns«, sagt Patrick.

»Ich weiß. Aber meine Mutter ist ganz allein, sie hat nur mich. Deine Eltern haben noch einen Sohn, zu dem sie fahren können. Und am 26. dann zu uns zum Mittagessen. So hab ich mir das gedacht.«

Schweigen am anderen Ende. »Das ist nicht fair meinen Eltern gegenüber«, sagt Patrick. »Können wir sie nicht zusammen ...«

Sigrid hat ihr Glas geleert und sieht, dass auch die Flasche leer ist. Wenn sie zu viel Alkohol trinkt, wird sie entweder lustig oder traurig, je nach Ausgangsstimmung. »Aber du weißt doch, dass sich unsere Mütter nicht verstehen, das geht gar nicht. Wir müssen sie schön trennen.«

»Dann soll deine Mutter diesmal am 26. kommen.«

Patricks Stimme klingt trotzig. So hört er sich an, wenn er seinen Standpunkt um jeden Preis durchsetzen will. Die Diskussion muss vertagt werden, Sigrid hat keine Lust auf einen weiteren Austausch von Argumenten. »Komm jetzt, lass uns nicht streiten. Wir werden schon irgendeine Lösung finden. Viel Spaß auf der Piste ... ich liebe dich.«

»Ich dich auch.« Patrick spitzt seine Lippen zu einem Kuss und verschwindet dann von ihrem Schirm. Sigrid seufzt und checkt ihre Mails, um nur Spam zu finden. Die kinderlosen Freundinnen sind unterwegs, der Rest ist beschäftigt. Um ins *Deli* zu gehen, ist es jetzt fast zu spät, Marie schließt pünktlich, außer wenn der Laden für ein Fest gebucht wurde. Andererseits hat Sigrid keinen Wein mehr in der Wohnung, aber nein, mehr als eine Flasche kommt nicht infrage! Während der Schwangerschaft und in den Monaten des Stillens trank sie keinen Alkohol. Jetzt ist die Muttermilch versiegt, und sie ist beinahe froh darüber. Besser sind ihre Brüste davon nicht geworden.

Sigrid wechselt vom Schreibtisch zur Couch, schaltet den Fernseher wieder ein und zappt sich durch das Programm, ohne etwas zu finden, das sie interessiert. Der Gedanke, dass Patrick sich in Berlin amüsiert, während sie in der Wohnung sitzen muss, ist nicht lustig. Ob er sie schon mal betrogen hat? Sie hält es für möglich. Sie würde ihn auf der Stelle verlassen! Mit zwei Kindern und ohne Job?

Andererseits sollte sie nicht heuchlerisch sein. Sie hat Patrick betrogen. Einmal. Auf der Weihnachtsfeier im Büro, besser gesagt: danach. Patrick war auf Dienstreise in Asien, und der Boss spendierte Champagner. Sigrid war irgendwann betrunken und ging mit ihm ins Bett beziehungsweise auf den Schreibtisch. Klischees sind Klischees sind Klischees. Sie ist in die Weihnachtsfeier-Chef-Champagnerfalle getappt.

Natürlich fühlte sie sich schuldig. Erst recht, als sie merkte, dass sie schwanger war. Sigrid wollte abtreiben lassen, doch Patrick fand den Schwangerschaftstest im Abfalleimer des Badezimmers. Wie glücklich er war, berauscht von dem Gedanken, Vater zu werden und eine Familie zu gründen. Damit hatte sie nicht gerechnet, und ein paar Sekunden lang überlegte sie, ihm alles zu beichten. Aber dann war sie doch feige, hatte Angst vor dem möglichen Ende. Und schwieg. Acht Monate später kam Max zur Welt, das Kuckucksei, das sie Patrick ins Nest legte.

Immer wenn sie Max betrachtet, sieht Sigrid das Abbild ihrer Lüge. Fühlt die Scham. Weshalb sie Patricks Vorschlag eines zweiten Kindes damals zustimmte, obwohl sie keins mehr wollte. So gesehen ist alles falsch an dieser Familie, und alles ist ihre Schuld.

Weihnachten wird sie trotzdem ihre Mutter einladen und nicht die pillensüchtige Apothekerin. Solange niemand außer ihr die Wahrheit kennt, gibt es keinen Grund zu bußfertiger Nachgiebigkeit. Die Sünde ist unerkannt, gleichsam unsichtbar ... und dann hört sie Moritz schreien. Schrille, durchdringende Töne. Sie springt auf und läuft zur Wiege im Schlafzimmer. Nimmt Moritz hoch und versucht ihn zu beruhigen. Es gibt Babys, die lauter und länger plärren als andere. Wie Moritz. Er hört erst auf, als sie ihm die Flasche sanft in den Mund schiebt. Als er ausgetrunken hat, brüllt er wieder, endlos lange, bis er nach einem Rülpser an ihrer Schulter einschläft.

Sigrid steht auf und summt *Schlaf, Kindlein, schlaf.* Es ist ein seltsames Kinderlied. Es ist ein seltsames Leben. Wer weiß, wie lange sie noch durchhält.

3

Von der Liebe und den Lügen

»Wollen wir Weihnachten an den Chiemsee fahren?«

Anna kennt Peters Antwort, bevor er sie ausspricht: Er will sich nicht einen Millimeter bewegen, am liebsten würde er nur noch malen, essen, trinken und schlafen. Vorbei die Zeiten, in denen sie viel unterwegs waren, nach Italien fuhren oder an einen der bayerischen Seen. Zu Partys eingeladen waren oder selber welche gaben. Atelierfeste mit Freunden, Kollegen und Mäzenen oder Abendessen im kleineren Kreis. Annas Talente am Herd waren berühmt in Schwabinger Künstlerkreisen, ihre Einladungen begehrt, und sie stets im Mittelpunkt von Komplimenten.

Anna liebte dieses wunderbare Leben an der Seite ihres Genies. Peter war die Sonne, um die sie kreiste, nah genug, um sich zu wärmen, doch nie so nahe, dass sie verbrennen könnte. Peter ist in erster Linie Künstler, danach erst kommt das Private. Kinder wollte er nicht, sie hätten nicht zu ihrem Lebensstil gepasst. Den durchzechten Nächten und spontanen Ausflügen in den Süden. Nein, keine Kinder. Diesen seinen Wunsch hat sie ebenso akzeptiert wie seine Ablehnung jeglicher verwandtschaftlicher Verpflichtungen.

»Lass uns doch zu Hause bleiben, liebste Anna. Vielleicht im nächsten Jahr …«

Sie beugt sich vor und gibt ihm einen Kuss auf die Stirn. Dann hilft sie ihm aus dem Stuhl und begleitet ihn ins Schlafzimmer. Peter braucht seinen Mittagsschlaf, immer schon. Nach zwei Stunden darf sie ihn wecken, dann trinken sie Kaffee und teilen sich ein Stück von Maries fabelhaften Torten. Danach fährt sie ihn ins Atelier zwei Straßen weiter. Früher ist Peter zu Fuß gegangen, doch seit ihn seine Knie schmerzen und er sich öfter schwindelig fühlt, lässt er sich von ihr fahren.

Anna war immer seine Chauffeurin, weil er sich von Anfang an weigerte, seine Energien an etwas Langweiliges wie Autofahren zu verschwenden. Sie hingegen fährt gern und oft zu schnell, weshalb sich eine bedrohliche Punktezahl in Flensburg angesammelt hat.

»Die werden einer alten Frau schon nicht den Führerschein wegnehmen«, kommentiert Anna das Malheur, und stets antwortet Peter, dass sie doch jung sei, so herrlich jung. Sie ist neunundsiebig, Peter ist fünf Jahre älter als sie.

Sie lieben sich seit sechzig Jahren und waren nie getrennt. Als ob sie zusammengewachsen wären, denkt Anna, die sich ein Leben ohne Peter nicht vorstellen kann. Sie sind ein Liebespaar. Fast nie haben sie einander gelangweilt. Nie einander betrogen, davon ist Anna überzeugt. Gelegenheiten hätte es für beide genug gegeben. Doch keiner von ihnen war geneigt, diese besondere Beziehung aufs Spiel zu setzen. Heloise und Abaelard oder doch eher Edward und Wally? Für Peter hat Anna ihren Berufswunsch begraben, sie wollte einmal die größte Köchin Italiens werden. So wurde sie seine *cuoca*, Geliebte, Muse, Fahrerin,

Managerin, Krankenpflegerin und Vorleserin, seit seine Augen schlechter wurden. Peter muss nichts anderes tun als zu malen und sie glücklich zu machen. Das perfekte Arrangement, und wenn je etwas Anna betrübte, dann der Gedanke, vor ihm gehen zu müssen. Weil Peter doch ohne sie verloren ist in einer Welt, die Anna nur in ihren angenehmen Nuancen an ihn heranlässt. Für den profanen Alltag ist er nicht geschaffen. Er weiß nicht einmal, wo der Mülleimer ist – oder wie die Spülmaschine funktioniert.

Er sieht noch ausreichend gut, um zu arbeiten, doch Anna findet, dass seine Leidenschaft nachgelassen hat. Als Maler. Seine Bilder wirken zahmer, nicht mehr so explosiv und wild. Er malt gegenständlicher als früher, in einer Stilmischung, die den Zeitgeist nicht mehr trifft. Seit sein Galerist gestorben ist, verkauft Peter nur noch wenig Bilder. Die Mäzene und Bewunderer und Käufer, sie sind größtenteils tot oder im Altersheim. So wie Annas Schwester Klara, zu der sie den Kontakt abgebrochen hat, weil Peter keine verwandtschaftlichen Verpflichtungen wollte. Klara hat ihr einen Brief geschrieben, als sie ins Heim musste, doch Anna hat nie geantwortet. Das hätte ja bedeutet, sie dort besuchen zu müssen – eine schreckliche Vorstellung.

Während Peters Mittagsschlaf studiert Anna Kochbücher oder bereitet das Abendessen vor. Recht oft geht sie hinunter zu Marie. Sie tauschen Rezepte und frischen Klatsch aus, manchmal hilft Anna ihr beim Kochen. Sie mögen einander, und wenn Anna sich je eine Tochter gewünscht hätte, dann eine wie Marie. Sie ist freundlich, aber nicht zuckersüß, hilfsbereit, jedoch nie aufdringlich. Es fällt leicht, sich in Maries Gegenwart gut zu fühlen. Nur warum ist sie ohne

Anhang in ihrem noch jugendlichen Alter? Anna, den Rundungen zugeneigt, findet, dass Marie eine fabelhafte Figur hat. Sie mag nicht auffällig hübsch sein, doch sie ist attraktiv auf eine Art, die Frauen eher erkennen als Männer. Warum also? Anna könnte sich vorstellen, dass Marie ein dunkles Geheimnis hat. Oder sie ist eine Lesbe, die sich nicht outen will.

Peter, mit dem sie darüber sprach, votierte gegen lesbisch. Das kann er sich überhaupt nicht vorstellen. Annas Mann flirtet mit Marie wie mit jeder anderen Frau, die seinen Weg kreuzt, das hat sich auch im Alter nicht geändert. Peter liebt die Frauen, sie stehen auch im Mittelpunkt seines künstlerischen Schaffens. Oft genug hat Anna ihm Modell gestanden, doch jetzt, da er so gegenständlich malt, scheut sie davor zurück. Sie ist nicht mehr so hübsch, wie sie einst war. Peter würde ihr heftig widersprechen, aber sie sieht doch viel besser als er. Sieht die Falten und Tränensäcke. Das allerorten Absackende in Richtung Erde. Findet es gemein, dass Männer graziöser altern. Peter ist immer noch attraktiv. Die dichten weißen Haare, die blauen Augen, seine verwegenen Hüte und Anzüge …

Anna ist immer noch verliebt in ihn! Sie muss über sich lachen und könnte weinen vor Freude. Während sie das Gemüse für den Schmorbraten schneidet, überlegt sie, mit welchem Weihnachtsmenü sie ihn in diesem Jahr überraschen könnte. Er liebt Fleisch und ist ein guter Esser, wobei er im Gegensatz zu ihr nie zugenommen hat. Sie denkt an Gans, natürlich, aber für zwei Personen wäre das viel zu viel.

Ente? Eine Möglichkeit. Früher haben sie immer Freunde zum Weihnachtsgelage gebeten, jetzt sind

Peter und sie fast allein. Ihre besten Freunde sind vor ein paar Jahren nach Rom gezogen, die anderen nach Mallorca. Des Klimas wegen. Peter wollte nie lange weg aus seinem geliebten Schwabing. Ob es regnet oder schneit ist ihm völlig egal, wenn er im Atelier sitzt und malt. Bilder, die sich nicht mehr verkaufen. Wie gut, dass sie in Boomzeiten das Geld klug angelegt und die Wohnung gekauft hat. Heute können sie mit der Lebensversicherung und den Dividenden aus den Aktienpaketen gut leben. Nicht mehr so verschwenderisch wie früher, doch hat sich mit Peters zunehmender Gebrechlichkeit ihr Aktionsradius ohnehin eingeschränkt. Manchmal denkt Anna, dass Altern insofern Sinn ergibt, als es einen recht schlau auf den Tod vorbereitet. Alles wird kleiner, hässlicher, mühsamer, auch schmerzhafter. Und irgendwann erscheint einem das Ende ganz ohne Schrecken.

Nun ja, so weit ist sie noch lange nicht. Aber was, wenn sie nicht mehr füreinander sorgen können, beziehungsweise sie für ihn? Ein Altersheim ist undenkbar für einen Snob wie Peter. Er würde das Personal wie Domestiken behandeln und das Essen nicht anrühren. Sich über den Anblick so vieler alter Menschen beschweren … oh nein, diese Möglichkeit ist ausgeschlossen. Wenn sie die Aktien verkauft, könnten sie sich eine Privatpflegerin leisten, das wäre eine Option. Darüber denkt sie in letzter Zeit häufiger nach und schilt sich dann, zu viel Zukunft an die Gegenwart zu verschwenden. Weihnachten steht vor der Tür: Sie wird doch eine Gans schmoren, mit Bratäpfeln gefüllt, wie Peter sie so gerne mag. Vielleicht hat Marie Lust zu kommen, wer will schon Weihnachten allein verbringen?

Als Anna Peter aufweckt, muss sie ihm die gute Nachricht sofort erzählen: Ein Käufer habe angerufen, der sich für neuere Werke des Malers interessiere. »Er hat leider keine Zeit, nach München zu kommen, deshalb habe ich ihm versprochen, ihm eine Fotoserie mit Details und Preisen zu schicken.«

Peters dankbares Lächeln erwärmt ihr Herz. Einerseits hält er Menschen, die Bilder anhand von Fotos oder Katalogen kaufen, für Idioten. Ein Bild muss man mit allen Sinnen aufnehmen – sehen, fühlen, riechen –, davon ist er überzeugt. Andererseits freut es ihn gewaltig, dass er noch nicht ganz vergessen ist. Die Kunstszene ist sensationslüstern und schnelllebig. Sie wird von einer inzestuösen Mafia manipuliert und ist ganz und gar dem Mammon unterworfen. Die Galeristen und sogenannten Experten sind die Banker, die den Künstlern Kredite geben – oder sie verweigern. Früher, sagt Peter oft, sei alles besser gewesen. Die Szene kleiner und überschaubarer, die Gier nicht so gewaltig. »Der Idiot glaubt hoffentlich nicht, dass ich ihm einen Nachlass gewähre!«

Anna schenkt Kaffee ein und schneidet ihm ein größeres Stück von der Schokoladen-Orangen-Torte ab. »Nein, er schien ernsthaft interessiert und hat über Geld überhaupt nicht gesprochen. Ich dachte, dass wir ihm den letzten Katalog schicken und Fotos von den zehn Bildern der roten Phase.« Rote Frauen, die rote Bäume umarmen. Die Frauen haben Ähnlichkeiten mit der jungen Valentina. Auch so eine Frau, mit der Peter stets heftig flirtete.

Peter legt seine Hand auf ihre. »Du hast sicher recht, Liebste. Obwohl ich mich ungern von meinen roten Frauen trenne.«

»Er wird sie ja wohl nicht alle kaufen.« Anna nimmt seine Hand und legt sie an ihre Wange. Seine Hand ist kalt, doch sie wärmt sie. Wenn Peter glücklich ist, ist sie es auch, ganz einfach. Und in Augenblicken wie diesem ist sie zutiefst dankbar für ihr Leben, so, wie es war, und so, wie es ist.

Doch die Liebe kommt nie ohne Lüge aus. Der Käufer wird zwei Bilder à zwölftausend Euro ordern, das weiß Anna genau. Weil alle Käufer in den letzten fünf Jahren ihre Erfindung waren. Alles Schimären, und Peters »verkaufte Bilder« liegen sicher und trocken in einem Raum, den sie extra dafür angemietet hat. Zweimal im Jahr und immer vor Weihnachten kauft Anna Peters Werke, ohne Geld bewegen zu müssen. Denn um Finanzen hat sich ihr Genie niemals gekümmert.

Sie kauft, um ihn lächeln zu sehen. Vor Weihnachten, damit er in der Annahme großer Einkünfte ein ganz besonderes Geschenk für sie aussucht. Ein Schmuckstück oder ein sündhaft teures Küchenutensil. Weil Peter gerne schenkt und weiß, wie sehr er sie damit erfreuen kann. Einen Betrug würde Anna das nicht nennen, eher eine Umverteilung von Freude. Was ihr jenseits aller christlichen Werte als die sinnvollste Interpretation der Weihnacht erscheint.

4

Valentinas wilde Jahre

Valentina hat sich aus *Maries Deli* Chips und eine Flasche Wein geholt. Sie kann nicht kochen und hatte nie Lust dazu. Essen war ohnehin lange Zeit mit Schuldgefühlen verbunden. Damals schon, als Models noch nicht aussahen wie wandelnde Gerippe. Valentina war »Bayerns schönstes Fotomodel« in einer Zeit, als die Beatles die Charts eroberten, gefolgt von den Rolling Stones. Eine sagenhafte Ära für Valentina und die Popmusik. The Kinks. The Doors. The Who. Manfred Mann. Eric Clapton. Santana. Queen.

Valentina und Musiker, das war der unvermeidliche Sex. Models wurden zu Partys eingeladen. Auf Partys wurde getrunken, geraucht und gekokst. *Sex as sex can*. Es waren wilde Zeiten. Sie kann sich nicht an alle Details erinnern, ist vielleicht besser so. Sie hat so ziemlich alles ausprobiert, außer Heroin. Nicht alle Musiker näher kennengelernt, aber doch einige. Es waren die goldenen Zeiten der freien Liebe: Die Pille gab es schon, und Aids war noch unbekannt. Der Stoff war so gut wie die Musik, und Vietnam ziemlich weit weg.

Valentina war dreißig Jahre lang Model und Partygirl, erst mit siebenundvierzig zog sie sich aus dem Geschäft zurück. Sie wurde sesshaft, heiratete einen schwulen Regisseur und kaufte mit ihm zusammen die Wohnung in der Sternstraße 24. Tony starb sieben Jahre später an Aids, Valentina pflegte ihn bis zu seinem Tod. Sie liebte ihn wie eine Mutter, weil er schön war und tragisch. Jetzt lebt sie allein mit einer blinden Katze und ihren Erinnerungen. Die Wände ihres Flurs sind mit Fotos von Valentina übersät. Sie war der rothaarige Engel mit Hexenkörper. Im einzigen Spiegel der Wohnung, im Badezimmer, ist das Licht schmeichelnd, und dennoch: Valentina schneidet sich Grimassen.

Erinnere dich!

Sie neigt zur Vergesslichkeit. Schon seit einiger Zeit ärgert sie sich über Aussetzer. Zum Beispiel, dass sie aus der Wohnung geht und auf der Treppe nicht mehr weiß, warum. In *Maries Deli* steht und darüber nachdenkt, was sie kaufen wollte. Nachbarn nicht gleich zu erkennen ist noch das kleinere Übel. Schließlich sieht sie schlecht und sollte eine Brille tragen, das weiß doch jeder im Haus. Leider ist sie zurzeit finanziell unpässlich. Sie hat einem Bekannten Geld geliehen, es sollte nur für kurze Zeit sein, und jetzt sind es schon Monate. Es war viel Geld für ihre Verhältnisse, und sie hätte es gern zurück. Doch der Typ vertröstet sie ein um das andere Mal. Er ist ein netter Kerl, sie hat ihn gern, aber in geschäftlichen Dingen ist er ein Pechvogel. Möglich, dass sie ihre Kohle nie wiedersieht. Möglich aber auch, dass sie den Kredit vergisst. Valentina scheut davor zurück, mit ihren Blackoutsymptomen einen Arzt aufzusuchen. Sie hat ihrer besten Freundin davon erzählt, die das böse Wort mit A ins Spiel brachte. Und jetzt hat Valentina Angst.

Welcher Tag ist heute? Sie sitzt in der Küche und löst Kreuzworträtsel. Gedächtnistraining, obwohl sie nicht viel weiß und das meiste nachschauen muss.

Mittlere Reife, und gelernt hat sie danach nichts mehr außer englischen Sätzen zwischen Bar und Bett. Du musst dich nicht groß anstrengen, wenn du schön bist. Lächeln natürlich, das Schminken und Frisieren ertragen, für die Kamera posieren, über den Laufsteg stelzen, zwischendrin koksen und trinken, um immer gut drauf zu sein. Valentina kann sich nicht erinnern, in ihren Modelzeiten nüchternen Menschen begegnet zu sein. Ihr Leben war ein großes Fest. Sie hatte so viel Spaß, dass sie jetzt gar keinen mehr braucht. *I don't need sex. Life fucks me every day.*

Griechische Göttin der Weisheit mit sechs Buchstaben? Valentina probiert es mit »Aphrodite«, aber die passt nicht rein. Tony sagte immer, dass sie so entzückend dumm sei. Sie hat es als Kompliment genommen. Mick Jagger fand ihren Allerwertesten zum Anbeißen, dem war doch egal, was sie zu sagen hatte. Jim Morrison, dem sie auf einer Party in Paris begegnete, bürstete ihre roten Locken, bevor er …

Das Langzeitgedächtnis funktioniert noch ganz gut. Doch jetzt weiß sie nicht mehr, wo sie ihr Telefon hingelegt hat. Das passiert ihr ständig, dass sie Dinge verlegt und suchen muss, und es macht sie wahnsinnig. Früher, in ihren besten Jahren, hatte Valentina eine Assistentin, die alles für sie erledigte. Wie hieß sie noch? Während Valentina die Wohnung nach ihrem Handy absucht, murmelt sie Namen vor sich hin … Hermine … jetzt fällt es ihr ein. Hermine war eine unscheinbare Maus, aber ziemlich klug. Sie war unsterblich in Tony verliebt, der wiederum nur Augen für Boris hatte. Ha! Wie viel sie noch weiß! Boris war russischer Balletttänzer und jedem Geschlecht zugeneigt, das einen schönen Körper besaß. Insofern hätte er Valentina genauso gern beglückt wie ihren Mann Tony. Ob er es war, der ihn angesteckt hat? Egal, denkt sie, die Schuldfrage stellte sich nicht in promiskuitiven Zeiten. Als Tony krank wurde und Aids nach Schwabing kam, verschwand Boris so plötzlich aus der Szene, wie er dort aufgetaucht war.

Als das Telefon läutet, ist Valentina richtig dankbar, denn nun kann sie dem Geräusch durch die Wohnung folgen und findet ihr Handy auf der Toilette. Als sie es in die Hand nimmt, verstummt das Ding. Valentina schaltet auf Rückruf, und ihre jüngere Schwester meldet sich. Sie lebt bei Innsbruck und hat ihrem Medizinmann fünf Kinder geschenkt, jedes zweite Jahr ein neues.

»Wie geht es dir, Valentina? Hier ist Annabelle.«

»Ich weiß, ich kenne deine Stimme. Mir geht's gut.«

»Und wieso dauert es dann so lange, bis du ans Telefon gehst?«

»Ich hab es verlegt. Kommt vor. Das Ding ist so klein.«

Die Familie ihrer Schwester lebt in einem renovierten Bauernhaus oberhalb von Innsbruck und geht jeden Sonntag zur Kirche. Es gibt nicht viele Gemeinsamkeiten, andererseits ist Annabelle ihre einzige nahe Verwandte.

»Ich wollte dich fragen, ob du Weihnachten zu uns kommen willst? Du bist doch sonst ganz allein. Und die Kinder würden sich freuen.«

Das Mitleid in der Stimme ihrer Schwester findet Valentina völlig unangebracht. Ganz allein! »Na, so schlimm ist es ja nicht. Ich hab Einladungen von Freunden. Auch vom Haus ...«

Annabelles Stimme ist sanft und hart zugleich. »Ja, aber Weihnachten ist doch ein Familienfest. So meinte ich das. Also, können wir mit dir rechnen!«

Ihre Fragen klingen immer wie Befehle, denkt Valentina. Ihre Schwester ist von Beruf Mutter und Hausfrau und in beidem perfekt. Valentina hat in der Familie die Schönheit abbekommen, Annabelle Hirn und Disziplin. Womit sie einerseits mehr erreicht hat als Valentina in ihrem Chaosleben. Andererseits hatte sie garantiert viel weniger Spaß!

Die perfekten Weihnachten, zelebriert von Annabelle, lösen in Valentina Panikgefühle aus. »Ich weiß nicht … kann ich es mir überlegen?«

Schweigen. Valentina kann in der Stille den schwesterlichen Unmut über ihre ausweichende Antwort erahnen. Sie hat sich immer schon ein wenig vor ihr gefürchtet, im Alter hat das zugenommen.

Annabelle faucht ins Telefon: »Na schön. Aber in drei Tagen will ich Bescheid wissen. Es gibt viel vorzubereiten.« Damit legt sie auf.

Valentina atmet einmal tief durch. Dann geht sie in die Küche, um sich eine Zigarette anzuzünden. Sucht nach den Zigaretten, die tatsächlich in der Handtasche sind, und findet dann kein Feuerzeug. Als sie drei ihrer Handtaschen auskippt, fällt das Gewünschte heraus – und funktioniert sogar.

Sie zieht wollüstig an der Kippe. Im Innsbrucker Bauernhaus darf nicht geraucht werden. Getrunken wird bestenfalls in Maßen – zwei Glas Wein zum

Abendessen. Es gibt nur gesunde Kost, eher vegetarisch ausgerichtet. Annabelle ist eine vorzügliche Köchin. Ihre Kinder im Alter zwischen zwölf und zwanzig Jahren sind wohlerzogen, und Valentina mag sie ganz gerne. Sie wollte nie Kinder, und als der Wunsch vage am Horizont auftauchte, war es zu spät. Sie muss darüber nachdenken, ob sie nach Innsbruck fahren will – vor allem darf sie es nicht vergessen.

Sie sollte es notieren – und Marie davon erzählen, die würde sie garantiert erinnern. Valentina steht in ihrer großen Küche, in der nie gekocht wird, aber viel geraucht und getrunken. Eine Postkarte von Cat Stevens pappt an der großen Pinnwand neben Fotos, Notizen, Rechnungen, ein Sammelsurium ihres ungeordneten Lebens. In Cat war sie ein bisschen verliebt, er war so hübsch und sang wunderbare Lieder. Aber nur diejenigen, die ihr egal waren, rannten ihr nach – zumindest eine kleine Weile. Bis sie bekamen, was sie wollten. Es war damals viel einfacher, Sex zu haben, als ihn zu verweigern. Das galt als uncool. Sie kann sich nicht vorstellen, dass das heute noch so ist.

Als das Fernsehen einen Dokumentarfilm über »Bayerns schönstes Exmodel« drehte, hat Valentina vor der Pinnwand gestanden und von Cat Stevens erzählt. Und von den anderen. Als der Film ausgestrahlt wurde, schrie ihre Schwester Worte wie »Familienschande« ins Telefon und sprach zwei Jahre lang nicht mit ihr. Valentina erschrak nur über ihre TV-Präsenz: diese alte Frau, die vor ihren Hochglanzfotos posierte, jede Falte grausam ausgeleuchtet, war sie das wirklich? Damals schwor sie sich, auf weitere Fernsehauftritte zu verzichten, doch für eine Weile war sie im Haus und in der Straße eine Berühmtheit. Das hat ihr gefallen, da merkte sie erst, wie sehr sie vermisst hatte, im Mittelpunkt zu stehen. Na gut, allmählich hat sie sich arrangiert: mit dem Alter, dem Alleinsein, der bescheidenen Witwenrente. No Sex. Auch daran kann man sich gewöhnen.

Manchmal hört sie aus dem Schlafzimmer über ihrem das quietschende Bettgestell von Jonas Januschek. Musiker. Österreicher. Frauenvernascher. Ganz dem Klischee folgend, pflegt er seinen Charme mit wienerischem Akzent. Und einige Frauen folgen ihm tatsächlich über die Treppen in seine Wohnung im dritten Stock. Erst spielt er Gitarre, dann wird Sekt getrunken, und danach quietscht die Matratze. Als Valentina ihn im *Deli* darauf ansprach, gab er ihr einen aus und entschuldigte sich. Da er immer mit ihr flirtet, kann sie ihm gar nicht böse sein.

Alle Frauen im Haus fliegen auf ... wie heißt er noch mal? Valentina zündet sich ihre zehnte Zigarette des Tages an und zerbricht sich den Kopf. Irgendwann am Ende der Zigarette fällt er ihr wieder ein: Jonas. Er erinnert sie ein bisschen an Paul McCartney – in älteren Jahren. Gegen Ende ihrer Karriere war sie für ein Shooting in Glasgow und wurde ihm bei einer Wohltätigkeitsveranstaltung vorgestellt. Er mokierte sich über das Fleisch auf ihrem Teller und war insgesamt furchtbar arrogant. Als sie genug getrunken hatte, sagte sie ihm das auch, worauf er aufstand und ging. Die meisten Jungs aus der Musikszene waren auf ihre bekiffte Weise nett und verrückt, aber nicht überheblich. Sie hatte einfach immer ein Faible für Musiker. Auch den Januschek würde sie nicht von der Bettkante stoßen, aber erstens ist er jünger als sie, und zweitens hat sie nach ihrer letzten fatalen Affäre beschlossen, mit dem Schmarrn aufzuhören.

Als es an der Tür klingelt, erschrickt Valentina. Sie erwartet keinen Besuch, sie hat nichts bestellt. Oder doch, und sie hat es vergessen? Als sie öffnet, stehen Anna und Peter Hammer vor ihr. Peter hat einen Blumenstrauß in der Hand und Anna eine Schüssel mit Tiramisu.

Peter sieht in Valentinas Gesicht und dann auf seine Uhr: »Sieben. Sind wir zu früh dran?«

»Zu früh für was?« Sie kann eins und eins zusammenzählen. Verdammt, verdammt! »Es tut mir leid ...«

Anna sieht, dass Valentina den Tränen nahe ist. »Du hast uns zum Essen eingeladen, aber das war schon vor einer Woche. Kann doch passieren, dass man das verschwitzt. Macht doch nichts, den Nachtisch habe ich mitgebracht, und wir holen uns noch was bei Marie.«

»Ja, sicher, das können wir machen. Danke für die Blumen.« Valentina nimmt den Lilienstrauß und geht voraus in die Küche. Es ist unaufgeräumt, doch Anna und Peter sehen darüber weg. Die Blumen steckt sie in die erstbeste Vase und sagt: »Ich lauf schnell runter und kaufe was. Rotwein für euch?«

Anna und Peter trinken am liebsten italienischen Roten, doch den führt Marie nicht, also holt Valentina zwei Flaschen Spätburgunder und drei Portionen breite Nudeln mit Lammragout. Marie verpackt alles in einen großen Korb und schreibt an, alle Mieter des Hauses sind bei ihr kreditwürdig. Valentina verspricht, den Korb am nächsten Tag zurückzubringen, und eilt die Stufen hoch zu ihren Gästen. Als sie mit ihrem Korb in die Küche kommt, hat Anna aufgeräumt. So ordentlich sieht es aus, dass Valentina beinahe wütend wird. Aber dann denkt sie an die Umstände dieses Abends und bedankt sich bei Anna. Während sie die Weinflasche öffnet und das *Deli*-Tagesgericht serviert, entschuldigt sie sich dafür, eine so schreckliche Gastgeberin zu sein.

»Wir haben doch alles wunderbar hingekriegt – und Marie kocht fast so gut wie ich«, sagt Anna und prostet Valentina zu. Peter hebt sein Glas und trinkt »auf die wunderbaren Frauen dieses Hauses«.

Valentina fühlt in diesem Augenblick eine Andeutung von Glück. Alles ist gut gegangen. Bis sie etwas über ihren Mann erzählen will, der für sie kochte, bevor er bettlägerig wurde. Wie hieß er noch? Sie sitzt da und starrt auf die schön-hässliche Uhr, das Geschenk eines Verehrers, der mit Antiquitäten handelte und irgendeinen Namen hatte, den sie auch nicht mehr weiß. Die Uhr tickt entsetzlich laut.

»Valentina?«

Sie schaut auf Anna, die sie liebevoll ansieht. Oder mitleidig? Sie hebt ihr Glas: »Auf alles, was wir lieben.« Ein guter Trinkspruch, nur liebt sie nichts mehr. Niemanden. Nicht mehr, seit er gestorben ist. Der Mann mit dem Namen, der ihr gerade nicht einfällt.

Draußen hat es begonnen zu regnen. Die Tropfen trommeln gegen das Fenster.
Anna und Peter sagen etwas, das sie nicht versteht. Der Regen ist zu laut.

»Ich glaube«, sagt Valentina, »dass ich noch vor Weihnachten zum Arzt sollte.«

5

Lachyoga

»Ich bin Valentina im Treppenhaus begegnet. Sie ging an mir vorbei, als ob wir uns nicht kennen.«

Sissy von Kuehnen, von ihren Eltern Elisabeth genannt, trinkt ihren Nachmittagskaffee häufig im *Deli.* Sie klatscht gern, das ist ein Grund. Außerdem möchte sie herausfinden, welche Geheimnisse Marie hütet. Sissy trinkt Verlängerten, isst das allerkleinste Kuchenstück und stellt Fragen. Die Bemerkung über Valentina Blum war nur die Einleitung für ein Gespräch, das sie irgendwann in Richtung von Maries Privatleben lenken wird.

Marie hat sich mit ihrer Tasse dazugesetzt. Sie trinkt zu viel Kaffee, zumindest tagsüber. Andererseits mag sie ihre relativ schlaflosen Nächte. Dann kommt sie zum Lesen und Nachdenken. »Valentina steht manchmal neben sich. Aber dann hat sie wieder Tage, da ist sie ganz klar.«

»Sie sollte zu mir in die Therapie kommen«, sagt Sissy. »Wenn ich sie das nächste Mal sehe, biete ich es ihr an. Zum Nachbarschaftspreis.«

Sissy von Kuehnen hatte in ihrem bisher knapp vierzigjährigen Leben schon viel ausprobiert, bevor sie sich zur Lachtrainerin ausbilden ließ. In ihrer Wohnung empfängt sie Klienten, denen sie die Kunst des spontanen Lachens beibringt. Das macht ihr mehr

Spaß als alle vorherigen Jobs: Masseurin, Yogalehrerin, spirituelle Begleiterin, Haushälterin, Verkäuferin, Wahrsagerin …

Marie weiß einiges über Lachtherapie, weil Sissy ein mitteilungsfreudiges Wesen ist. Ein indischer Arzt schrieb in den Neunzigerjahren ein Buch über die heilende Wirkung des Lachens und prägte den Begriff »Lachyoga«. Lachen setzt Glückshormone frei, stärkt das Immunsystem, lockert Verspannungen und lindert Schmerzen. So die Lehre des Lachyoga, an die Sissy glaubt, seit sie den Brustkrebs überwunden hat. Wirklich nur durch Lachen? Sissy schwört Stein und Bein. Die Herausforderung sei, spontan, jederzeit und selbst dann, wenn es einem schlecht gehe, lauthals zu lachen. Das kann man von ihr lernen. Sagt Sissy.

Marie ist noch unentschlossen. Sie glaubt allerdings nicht, dass Valentinas Vergesslichkeit durch Lachen kuriert werden könnte. Diese nimmt langsam aber stetig zu, und Marie hat schon überlegt, ob sie nicht die Schwester informieren sollte, die bei Innsbruck wohnt. Andererseits schreckt sie davor zurück, sich einzumischen. Das hat sie einmal getan und böse bereut. Gut, damals war sie nicht zurechnungsfähig.

»Hast du Weihnachten was vor?« Die Adventsfrage.

Sissy schüttelt den Kopf, sodass ihre schwarzen, wilden Locken fliegen. Natur, keine Kunst. »Ich hasse Weihnachten. Ich werd den Scheiß einfach ignorieren. Radio und Fernseher nicht einschalten. Das Telefon leise stellen. Vor mich hin lachen. Wenn ich's mir leisten könnte, würde ich in die Sonne fliegen, ganz weit weg.«

»Gute Idee«, sagt Marie. Seit sie das *Deli* hat, ist sie nicht mehr in Urlaub gefahren. Sie scheut davor zurück, den Laden zu schließen, nimmt sich aber vor, im nächsten Jahr zumindest eine Woche zu verreisen. Vielleicht nach Berlin zu ihrem Bruder. Sie mag die Stadt, die so ganz anders als München ist. Aufregender, anregender, anstrengender. Ja, sie wird nach Berlin fahren, sobald es Frühling wird.

Sissy hasste die Weihnachten ihrer Kindheit, in der ihre hysterische Mutter vollends durchdrehte, und vertiefte diese historische Abneigung durch Liebesgeschichten, die stets vor Heiligabend unglücklich endeten. In ihrem Jahr als Verkäuferin war die Zeit vor dem Fest megastressig gewesen, mit Menschenhorden, die zwanghaft nach Geschenken suchten. Weihnachtsgedudel in allen Abteilungen und Dekorationskitsch, der die Augen blendete. Und dass sie später als Haushälterin mit einer Großfamilie Weihnachten feiern musste, war schließlich die Krönung! Am 26. Dezember verließ sie ihren Arbeitgeber und begann eine Ausbildung zur Yogalehrerin.

Sie sei schon als Kind sehr sprunghaft gewesen, behauptet Sissys Mutter. Wie eine Biene, die von Blüte zu Blüte fliegt. Was für ein saublöder Vergleich! Sissy empfindet ihre Berufs- und Männerwechsel als Suche nach dem perfekten Leben. Mit knapp vierzig zieht sie in Betracht, dass dieses außerhalb ihrer Reichweite liegt. Oder gar nicht existiert. Sie ist ja nicht unglücklich. In der Zeit vor Weihnachten wird sie besonders oft und laut lachen. Und am 24. Dezember wird es Lachsalven geben.

»Wie findest du unseren Vermieter? Er war doch schon bei dir, oder? Der ist doch sonst im Winter nie da.«

Marie hat Sehnsucht nach einer Zigarette. Was für eine romantische Beschreibung ihrer Nikotinsucht. »Ich würde gern draußen eine rauchen. Kommst du mit?«

Das macht sie immer, denkt Sissy. Wenn Marie eine Frage nicht beantworten will, geht sie in die Küche oder nach draußen. Aber diesmal wird sie Marie nicht vom Haken lassen.

Mildes Dezemberwetter. Der nasse Schnee ist auf dem warmen Asphalt geschmolzen, und durch den grauen Himmel kämpfen sich ein paar Sonnenstrahlen. Die alte Frau auf dem Balkon des gegenüberliegenden Hauses schmückt einen kleinen Weihnachtsbaum mit Äpfeln als Vogelfutter. »Damit uns noch mehr Viecher die Fassaden zuscheißen«, sagt Sissy. »Also, was ist mit dem Fehrendonk? Hat er dir gesagt, warum er hier ist? Will er endlich einen Lift einbauen?«

Marie lacht ganz ohne Anleitung. »Sissy, ich kann deine Neugierde nicht befriedigen. Er hat bei mir nur einen Kaffee getrunken und nicht viel gesagt. Aber ich glaube kaum, dass er irgendwas bauen will, solange die Mieter und die Eigentümer sich nicht einigen.«

Die Liftfrage beschäftigt das Haus seit Jahren. Der Antrag für einen Außenlift liegt bei der Baubehörde, doch Mieter und Eigentümer stehen sich in der Frage der Finanzierung unversöhnlich gegenüber. Fehrendonk hält sich raus, was Marie sehr klug von ihm findet. Als Mieterin im Parterre hat sie kein Interesse an einem Lift, sie befürchtet, dass es sonst eine Mieterhöhung gibt.

»Wie findest du ihn? Eigentlich sieht er doch ganz gut aus.« Sissys letzter Liebhaber war ein Mathematikstudent aus Georgien, der ein bisschen wie Stalin in jungen Jahren aussah. Er wohnte ein halbes Jahr lang bei ihr, plünderte ihren Kühlschrank und ihr Weinregal und betrog sie mit einer blonden Studentin. Das fand Sissy unangemessen, und sie warf ihn raus. Er hinterließ einen Duft von Zedern und eine Schnapsrechnung bei Marie, die Sissy grollend beglich.

»Nett.« Das Wort klingt falsch, doch ihr fällt nichts Besseres ein.

»Meinst du, er ist schwul?«

Die Gerüchteküche ist darüber geteilter Meinung, und Marie antwortet, dass sie ihn hetero findet.

Sissy, seit sechs Wochen solo, vermisst den Sex. Der Georgier war ein guter Liebhaber, aber auch ein schnorrendes Miststück. Jeder ihrer Männer, und es gab einige, hatte seine Vorzüge. Einer hatte Geld, der andere war klug, es gab die Einfühlsamen und die Leidenschaftlichen, die Lustigen und die Herrschsüchtigen. Keiner war perfekt, also weg damit. Sie weiß ja auch, dass sie nicht jünger wird. Aber warum sich begnügen, solange sie sich vergnügen kann? »Wenn er das nächste Mal im *Deli* ist, rufst du mich an?«

Warum überrascht Marie diese Frage nicht? Sie sieht Sissy streng an: »Du meinst, du willst ihn dir krallen?«

Sissy fröstelt. »Können wir wieder reingehen? Mir ist kalt. Und was heißt schon ›krallen‹? Ich will ihn mir mal näher anschauen. Einfach so. Oder hast *du* etwa ein Auge auf ihn geworfen?«

Im *Deli* ist es etwas wärmer als draußen, aber nie warm genug für Sissy, die so schnell friert. »Du kannst es mir ruhig sagen, Marie. In dem Fall würde ich zurücktreten.«

Marie, lachend: »Ich bitt dich, so was kann ich zurzeit nicht gebrauchen. Ganz abgesehen davon, dass wir ja wohl nicht über ihn verfügen können. Vielleicht hat seine Anwesenheit in München mit einer Frau zu tun?«

»Die hätte irgendeiner im Haus schon gesehen.« Sissy zielt mit ihrem Ringfinger, den das Wappen der Familie ziert, auf Maries Herz. »Jetzt sag schon: Was ist mit dir los? Kein Mann, keine Frau – für eine Solokarriere bist du noch zu jung, meine Liebe. Also, was ist es?!«

»Angst« wäre eine ehrlich Antwort, denkt Marie, aber danach müsste sie einiges erklären, wozu sie keine Lust hat. Sissys Neugierde ist legendär, nichts und niemand entgeht ihrer Aufmerksamkeit, die freundlich sein kann, aber auch zudringlich. »Ich kann es dir ehrlich nicht sagen. Vielleicht habe ich einfach zu viel zu tun. Ich hab keine Zeit für einen Mann. Aber ich werde dich anrufen, wenn Fehrendonk hier auftaucht.«

Die Antwort findet Sissy nicht akzeptabel, aber für den Moment gibt sie nach. Die Gefühle anderer sind ihr relativ egal, doch mit Marie will sie es sich nicht verderben. Schon auf die Schokoladentarte zu verzichten, grenzt an Selbstkasteiung. Sissy hat diesen durchtrainierten Yogakörper und kann essen, so viel sie will.

»Das finde ich zuvorkommend. Im Gegenzug spendier ich dir eine Gratisstunde Lachen. Wann immer du Zeit hast.«

»Montag«, sagt Marie, bevor Sissy in schallendes Gelächter ausbricht. Einfach so, aus dem Stand. Es ist so ansteckend, dass Marie zu kichern beginnt. Und dann bricht Sissy abrupt ab. Auf die Klänge der *Internationalen* folgt der Eintritt einer Frau mit Hut.

Sie war noch nie im *Deli*, doch kommt sie Marie bekannt vor. Als Sissy »Mutter« haucht, weiß sie auch, warum. Die beiden sehen sich ähnlich, nur sind Mutters Haare silberweiß unter dem blauen Hut. Mutter hat die gleichen blauen Augen wie ihre Tochter und den etwas schmallippigen Mund. Sie sieht majestätisch aus, findet Marie, vielleicht auch nur arrogant. Sie erinnert sich, wie Sissy davon sprach, dass ihre Mutter früher die Familie mit hysterischen Anfällen in Furcht und Schrecken versetzte.

»Ich habe bei dir geläutet«, sagt Frau von Kuehnen, »und dann sah ich dich zufällig durch das Fenster.« Zu Marie: »Sehr nett dekoriert übrigens.«

Sissy sieht aus, als sei ihr der Teufel erschienen. »Mutter«, wiederholt sie. Marie schaut von einer zur anderen.

»Ja, in der Tat, ich bin deine Mutter. Auch wenn du mich nie besuchst und nicht ans Telefon gehst.« Frau von Kuehnen wendet sich an Marie. »Aber man kann sich seine Kinder nicht aussuchen, nicht wahr? Und ich würde jetzt sehr gern einen Espresso trinken.« Sie setzt sich auf den Stuhl neben Sissy und sagt: »Geht's dir nicht gut? Du siehst grauenvoll aus.«

Sissy rollt mit den Augen, während Marie in die Küche verschwindet.

»Mir ging es bis vor Kurzem noch sehr gut, Mutter. Was führt dich nach München?«

Frau von Kuehnen zieht ihre Handschuhe aus und legt sie auf den Tisch. Sie geht nie ohne sie aus dem Haus, schon aus Angst, etwas zu berühren, das nicht keimfrei sein könnte. »Ich war bei unserem Arzt, Elisabeth. Und da dachte ich, ich besuch dich mal in deinem … Ambiente.« Sie sieht sich um: »Scheint ja sehr nett hier zu sein. Ein bisschen eng vielleicht.«

Das Stammhaus derer von Kuehnen liegt hinter Tutzing auf weitläufigem Gelände. Das Gemäuer ist groß, zugig und teuer im Unterhalt. Eine alte Haushälterin versucht vergeblich, es in Schuss zu halten. Sissy kann ihren Vater verstehen, der irgendwann das Weite suchte und seither seinen Lebensabend in brasilianischer Wärme verbringt.

»Ja, Mutter, dafür wohne ich mitten in der Stadt und nicht in der bayerischen Pampa. Meine Wohnung kann ich dir leider nicht präsentieren, sie ist unaufgeräumt.«

Marie bringt den Espresso mit einem Glas Wasser und einem Kuchenwinzling.

»Deine Wohnung interessiert mich nicht«, sagt Frau von Kuehnen. »Ich wollte dich einladen für Weihnachten. Deine Schwester kommt mit ihrem Mann und den Kindern, außerdem Onkel Friedrich mit Jolande und deine Cousins Ottokar und Caroline.«

Sie spreizt tatsächlich den kleinen Finger ab, während sie die Espressotasse zum Mund führt. Marie ist fasziniert.

Sissys Gesicht ist eine Landschaft aus Eis. So viel Widerwillen liegt darin, dass ihre Mutter nicht umhinkann, dies zu registrieren. »Mein Gott, Elisabeth, es ist Weihnachten. Wir werden in die Messe gehen, gemeinsam Punsch trinken und dann zu Abend speisen. Du kannst in deinem alten Zimmer übernachten. Wir werden den Kamin im Salon aktivieren und vielleicht vorher gemeinsam den Baum schmücken. Ich stelle mir das recht festlich vor.«

Sissy denkt, dass sie jetzt lachen sollte. Ganz laut und ganz lang, doch ihre Mutter würde dies enervieren, und vielleicht würde sie dann einen ihrer Anfälle bekommen. Dabei ging immer viel Porzellan zu Bruch – in jeder Hinsicht.

Das Schweigen dehnt sich aus wie zähflüssige Lava. Marie räuspert sich: »Noch jemand einen Wunsch?«

»Ich wünsche mir, dass meine Tochter Weihnachten nach Hause kommt. Darüber hinaus bitte ich um die Rechnung.«

»Ich lade dich ein, Mutter«, sagt Sissy. »Und ich werde darüber nachdenken, okay?«

»Okay« ist ein Wort, das ihre Mutter zum Erbrechen findet, aber das fällt ihr zu spät ein. Sissy sieht, dass die Augenlider ihrer Mutter zucken, ein sicheres Zeichen dafür, dass ein Wutanfall im Anflug ist. Früher versuchte Sissy sich zu verstecken, wenn es so weit war. Aber das Schreien und Klirren hörte man überall im Haus. Jemand von der Dienerschaft rief dann den Hausarzt an, der eilends kam und Mutter eine Beruhigungsspritze verpasste. Die Nerven eben. Ein probates Mittel gegen die Anfälle wurde nie gefunden. Franziska sei halt hysterisch, sagte ihr Vater, als er noch da war.

»Ganz ruhig bleiben, Mutter. Ich komme gern«, verspricht Sissy. Sie versucht, zuversichtlich und fröhlich zu klingen, und denkt, dass sie Ewigkeiten lachen muss, um diese Weihnachten zu verkraften. »Ich werde dich jetzt zum Wagen begleiten.«

Sie steht auf und nimmt die alte Dame am Arm. Zu Marie: »Ich zahle, wenn ich zurück bin.«

Franziska von Kuehnen dreht sich an der Tür noch einmal um. »Und vielen Dank für Ihre Gastfreundschaft, Frau Deli. Der Kaffee war hervorragend. Sie sollten nur Ihren Klingelton ändern. Den finde ich vulgär.«

In den immer noch jungen Augen liegt etwas, das Marie irritiert. Spott? Oder Triumph? War es möglich, dass Sissy von ihrer Mutter um den behandschuhten Finger gewickelt wurde? Aber das Zwinkern, das hat sie sich bestimmt eingebildet.

6

Mardi Gras und Weihnachten

In den zusammengelegten Wohnungen im fünften Stock lebte die Familie, bis er achtzehn Jahre alt war und zum Studium nach Berlin ging. Seit dem Tod der Eltern hat Albian Fehrendonk in dieser Etage nichts verändert, die stummen Zeugen seiner Kindheit und Jugend stauben vor sich hin: Art-déco-Möbel, wild gemischt mit italienischem Kitsch sowie ein paar Geweihe, mit denen sein Vater, der Jäger, im Flur prahlte. Albian hat es noch nicht fertiggebracht, die große Wohnung zu entrümpeln und zu vermieten. Hat einfach zugeschlossen nach dem Begräbnis. Die Hausverwaltung lässt gelegentlich lüften und putzen. Den Eigentümer kostet es Überwindung, die Wohnung zu betreten.

Er hat sich das Dachgeschoss ausbauen lassen mit viel Glas und hellem Holz. Die Möblierung ist spärlich und ultramodern und lässt viel Platz für einen Menschen. Freien Raum um sich herum hatte er immer schon, die kleine Schar der Spielgefährten kam aus der Nachbarschaft, von ihren Eltern angehalten, sich mit dem Sohn des Besitzers abzugeben. Die meiste Zeit fühlte er sich unsichtbar. Vom Vater ignoriert, der auf der Jagd war oder an Stammtischen saß. Von der Mutter verhätschelt, doch wenn sie böse Laune hatte, war es besser, nicht in ihrer Nähe zu sein. Unsichtbar eben. Sie nannte es »das italienische Temperament«, doch ihre schrille Stimme in Verbindung mit verletzenden Fingernägeln war für den kleinen Jungen furchterregend. Wenn sie ihn anfasste, gab es Kratzer, und war sie sehr zornig, floss sogar Blut. Hinterher tat es ihr immer leid, dann weinte sie und drückte und liebkoste ihn. Unberechenbare Stimmungsschwankungen, die sie darauf schob, dass sie ihre Opernkarriere der Familie geopfert hatte. Es wäre ihr nie eingefallen, deshalb zum Arzt zu gehen.

Über Albians Seele sind ein paar Psychiater hinweggewandert. Leichte bis mittelschwere Depressionen diagnostizierten sie, stellten viele Fragen und verschrieben bunte Pillen. Glücksbringer mit Nebenwirkungen. Die Tabletten machen schläfrig und hüllen die Welt in Watte. Oder ihn. Weshalb Albian sie nicht mehr nehmen mag. Doch er verfolgt seine seelische Befindlichkeit wie ein Detektiv den flüchtigen Verbrecher. Fühlt er eine Depression nahen, weist er sich selbst in die Psychiatrie ein. Die Privatstation in der Kastanienallee. Das letzte Mal ist knapp ein Jahr her, doch seit ein paar Monaten ist er in einem Zustand der Freude, die schwarze Löcher ausschließt. Zum ersten Mal in seinem Erwachsenenleben ist er verliebt.

Sex mit Frauen war nie das Problem. Albians Defizit war, dass er nie etwas fühlte außer körperlicher Lust. Verwunderung vielleicht noch, dass Frauen sich auf ihn einließen, obwohl er sie nicht mit falschen Worten verführte. Er war nie auch nur in Versuchung, sich zu verlieben – bis er Lisa begegnete. In New Orleans während des Mardi Gras, als er in einen der vielen Clubs mit Livemusik stolperte auf der Flucht vor dem tropischen Regen. Sie stand auf einer kleinen

Bühne und spielte Akkordeon im Stil der Cajunmusik oder des Gipsy Jazz oder irgendwas dazwischen. Lisa war im Gegensatz zu den meisten anderen am »Fetten Dienstag« in New Orleans nicht maskiert. Sie trug einen langen weißen Rock und ein rotes Oberteil, das ihren Nabel freiließ. Kurze schwarze Haare, und er kann sich an silberne Kreolen erinnern, den einzigen Schmuck, den sie trug. Albian kämpfte sich vor bis zur Bar neben der Bühne, wo die Musik zu laut für Gespräche war. Aber das war ihm egal, weil er nur sie wahrnahm. Kein Schimmer, was mit ihm geschah in diesen Minuten. Er stand einfach da, trank sein Bier und starrte sie so lange an, bis sie ihn bemerkte. In der Musikpause, als sie von der Bühne ging, berührte sie ihn mit ihrem nackten Oberarm, und er nahm all seinen Mut zusammen und fragte sie, ob er ihr einen Drink ausgeben dürfe.

Mit einer Nachtbekanntschaft ins Hotelzimmer zu gehen, war nichts Neues für Albian. Wohl aber, dass er sich wünschte, sie würde nach dem Sex nicht wortlos aufstehen und sich anziehen. Als sie es tat, bat er sie um ihre Telefonnummer. Lisa stand da, lächelte von oben herab und schrieb dann ein paar Zahlen auf den Hotelblock am Nachttisch. Sie warf ihm eine Kusshand zu, bevor sie die Tür zuknallte. Es war fünf Uhr morgens, und er war verliebt, ein neues, wagemutiges, unbeschreibliches, vollkommen erhebendes Gefühl.

Albian wartete ungeduldig, bis die Zeit passend schien, sie anzurufen und zum Mittagessen einzuladen. Sie lehnte ab, doch in der folgenden Nacht ging sie nach ihrem Auftritt wieder mit in sein Hotelzimmer. Lisa! Tochter einer irischen Mutter und eines kreolischen Vaters. Von Beruf Musikerin. Alter unbekannt, zumindest ihm. Er glaubt, dass sie unter dreißig ist, also bedeutend jünger als er. Doch welche Rolle soll das spielen? Albian blieb in New Orleans, bis Lisa ein Engagement in Atlantic City hatte, wohin er ihr folgte. Danach Houston, San Francisco, Alabama, San Diego. Zurück nach New Orleans. Er folgte ihr wie ein durstiger Schatten. Spürte bei aller Liebe, dass er des Guten zu viel tat. Nach sieben Monaten bat sie ihn, abzureisen.

Too much love. Eine Pause. Zeit für Sehnsucht. Lisa fand viele Worte, und Albian verstand keines davon. Doch er versprach zu fliegen, wenn sie Weihnachten zu ihm käme, nach München. Nur so könne er die Trennung ertragen. Sie versprach es ihm, und am folgenden Tag reiste er ab. Flog nach Zürich und fuhr erst einmal in sein Rückzugssanatorium in den Schweizer Bergen. Aus Angst, in ein schwarzes Loch zu fallen, das tiefer war als alle, die er bislang gekannt hatte.

Nicht ein Tag verging, an dem er nicht an Lisa dachte. Der Professor gab ihm den Rat, sich eine Beschäftigung zu suchen, irgendeine, um sich von der Liebe abzulenken. Ja, was denn? Zum Beispiel Autorennen fahren oder Schulen in Afrika bauen, sagte der Professor. Albian dachte darüber nach und fasste den Entschluss, im neuen Jahr ein Instrument zu lernen. Schlagzeug zum Beispiel. Etwas, das ihn in Lisas Augen interessanter machte. Nach den gemeinsamen Weihnachtsferien würde er sich einen Lehrer suchen, den besten, und Lisa erst dann wiedersehen, wenn er ein ernst zu nehmender Schlagzeuger war.

So weit der Plan. Er entließ sich nach vier Wochen aus dem Sanatorium und fuhr nach München. Traf seinen

Anwalt und Vermögensberater, der sich die Bemerkung erlaubte, dass Albian in den letzten Monaten sehr viel Geld ausgegeben habe. Der verrückte Playboy, wie er ihn insgeheim nannte, reagierte mit dem üblichen Schulterzucken, wenn es um Finanzen ging. Geld war das Gute in Albians Leben, aber deshalb musste er es noch lange nicht lieben.

Wenn er über die Liebe nachdachte, was in den letzten Monaten häufiger vorkam, dann fiel ihm in der Zeit vor Lisa nur seine Großmutter ein. Die italienische Großmutter. Nonna. Sie war groß und schmal, trug Witwenschwarz und war das fröhlichste, freundlichste Wesen in Albians Welt. Jede Weihnachten, an die er sich erinnern kann, kam Nonna mit ihrem Sohn, dessen Frau und zwei Enkelinnen nach München, um mit der Familie zu feiern. Um in der Küche zu stehen und Weihnachtliches zu backen. Den Punsch zuzubereiten. Die Weihnachtsgans zu füllen. Ihren Enkeln Geschichten zu erzählen oder mit ihnen Lieder zu singen. Nonna sprach kein Wort Deutsch, doch ihre Fähigkeit zur Pantomime war ebenso bemerkenswert wie ihre Kochkünste. Dieses ansteckende Lachen, das sogar ihre Tochter erreichte, die an Weihnachten ihre Launen vergaß. Selbst der Vater wurde leutselig, er mochte seine italienische Verwandtschaft, die er nebenan unterbrachte.

Weihnachten war die magische Zeit der Familie, in der viel geredet, gelacht, gegessen und getrunken wurde. Mit dem Höhepunkt am 24. und 25. Dezember, der italienisch-deutsch gefeiert wurde. An Heiligabend bereitete Nonna das *cenone* zu, das große fleischlose Abendessen, dann ging es zur Mitternachtsmesse. Danach erst gab es Geschenke, und lange nach Mitternacht wurden die Kinder zu Bett geschickt. Albian durfte bei seinen Cousinen schlafen, doch die Vorfreude hielt sie wach, denn traditionell verteilte Nonna ihre Weihnachtspakete erst am 25. Dezember. Ihre Geschenke waren die allerbesten: selbst genähte Kostüme von Hexen, Feen oder Piraten mit den dazu passenden Accessoires. Phantasiegeschenke, nannte Nonna sie, und ihr Enkel konnte gar nicht genug davon kriegen. Irgendwo in einer Truhe in der alten Wohnung liegen seine Nonna-Weihnachtskostüme. Das letzte ihrer Geschenke war ein orientalischer Prinz.

Am ersten Weihnachtsfeiertag durften die Kinder im Garten einen Schneemann bauen. War das Wetter gartenfeindlich, spielten sie im Kinderzimmer in ihren Kostümen, während die Frauen kochten und die Männer über Männerdinge sprachen.

Albian schwebte im Weihnachtswunderland, das nach Zimt und Nelken roch, nach angebrannten Orangenschalen und im Backofen schmorenden Gänsen. Umgeben von seinen Cousinen, die er mochte, beachtet von Nonna, die er liebte, und in respektvollem Abstand von seinen Eltern, deren weihnachtlicher Sanftmut er misstraute.

Es waren die unbeschwerten Zeiten seiner Kindheit, die abrupt endeten, als Nonna starb. Da war er vierzehn Jahre alt und in pubertärer Schieflage. Danach gab es keine italienisch-deutschen Weihnachten mehr, die Verwandtschaft blieb in Umbrien, der Vater schaute fern, und die Mutter stand lustlos in der Küche. Es war, als ob mit Nonna auch Weihnachten gestorben wäre.

Als Albian seine italienischen Cousinen im folgenden Sommer wiedersah, waren sie blöde Kühe geworden, die Zahnspangen trugen und ständig kicherten. Keinen Schimmer, wie er die Jahre bis zu seinem achtzehnten Geburtstag überstand. Fast alles war Chaos, Wut, Angst, Verzweiflung. Für die angedachten Selbstmorde war er zu feige. Wie überhaupt für alle Morde, denn es gab verdammt viele Leute, die auf seiner Todesliste standen.

Nonna besucht er einmal im Jahr, sie liegt auf einem kleinen Friedhof in Umbrien. Nach dem Tod der Eltern verbrachte er Weihnachten auf Inseln, die von allen Erinnerungen frei waren. Tauchen, Schnorcheln, Wasserskifahren. Keine geschmückten Bäume und nirgendwo Schneegeriesel.

Zum Skilaufen findet er die Osterzeit besser. Er kann es sich aussuchen, weil Geld keine Rolle spielt. Ob er damit nicht etwas richtig Gutes tun könnte, fragte Lisa kurz vor dem Abschied. Albian weiß nicht, was »richtig gut« sein könnte.

Viel dringlicher scheint ihm die Frage, ob es zu Weihnachten schneien wird in München. Was, wenn es nur trüb und nass und kalt wird? Dann muss er mit Lisa wegfahren, in den Schnee. In den Winter, den sie noch nicht kennt. Er hat ihr von Schneemännern und Schneeballschlachten geschrieben, das fand sie lustig. Sie lacht gern, das hat sie mit Nonna gemeinsam.

Aber kochen kann sie nicht, und sie ist eher direkt als liebevoll, was an ihrem Alter liegen könnte. Er hat sich an sein Versprechen gehalten und nie angerufen, doch schickt er ihr jeden zweiten Tag eine bis hundert Zeilen per SMS oder Mail. Manchmal antwortet Lisa, aber nicht oft. Er liebt mehr als sie, das ist ihm schon klar. Nur: Ist das nicht in jeder Beziehung so? Er wünschte, er hätte einen Freund, den er fragen könnte. So hat er nur seine Shrinks, beide Meister in der Kunst, sich möglichst nicht festzulegen.

Albian Fehrendonk zählt die Tage bis zu Lisas Ankunft am 22. Dezember. Er hat ihr ein Erste-Klasse-Ticket geschickt mit offenem Rückflug. Sie zeigte sich immer wenig beeindruckt von Geld, wobei er niemand ist, der mit Champagner oder Schmuck um sich schmeißt. Er hofft, sie mit seinem Weihnachtszauber zu beeindrucken. Zum Beispiel mit wunderbaren Keksen in einer großen Porzellandose neben dem Adventskranz. Die Fenster seiner Wohnung hat Marie mit illuminierten Sternen geschmückt, sodass die schrägen, bodentiefen Scheiben im Dunkeln wie ein Sternenhimmel leuchten.

Die Frau ist eine begabte Dekorateurin. Und Köchin. Verschwendete Talente in diesem Miniladen, doch vermutlich hat sie nicht den Ehrgeiz, Größeres zu wagen. Was ihm zurzeit sehr passt, denn jenseits der Weihnachtsvereinbarung isst er fast jeden Tag im *Deli*. In seiner sterilen Hochleistungsküche brät er sich gerade mal Spiegeleier zum Frühstück. Nur wenn Sissy von Kuehnen naht, nimmt er Reißaus. Die Frau ist zudringlich und macht ihm Angst. Marie dagegen ist angenehm zurückhaltend. Möglich aber auch, dass sie ihn nicht mag. Er weiß, dass er manchmal schroff sein kann. Weil er seine Stimmungsschwankungen nicht immer unter Kontrolle hat. Doch hofft er auf wachsende Sympathie, gespeist aus seinem Geld und ihren Kochkünsten.

Als sie in seiner Wohnung war, um zu dekorieren, hat sie seine »perfekte Restaurantküche« spöttisch kommentiert, und er nahm sich vor, Marie ein Weihnachtsgeschenk für ihr Reich zu kaufen. Die beste

Küchenmaschine der Welt oder etwas in der Art, er hat ja keine Ahnung. Wäre das »richtig gut« in Lisas Sinn?

Albian sitzt an seinem Esstisch, der zwölf Personen Platz bietet, und öffnet seinen Laptop. Als er im Posteingang eine Mail von Lisa sieht, tanzt sein Herz einen Walzer linksherum. Bis er sie öffnet, die Nachricht. Dann bleibt sein Herz stehen.

7

Johnny ohne Cash

Vier Jahre nach ihrem Tod trauert Jonas »Johnny« Januschek immer noch um Melinda. Sie war nicht nur eine wunderbare Ehefrau, sondern auch der finanzielle Anker seiner fragilen Existenz als freischaffender Künstler. Sie war Maklerin und konnte mit Geld umgehen. Als sie von ihrem Brustkrebs erfuhr, investierte Melinda ihr Erspartes in den Wohnungskauf in der Sternstraße. Eine Okkasion damals, kurz bevor die Immobilienpreise in den Himmel stiegen. »Du kannst nicht mit Geld umgehen, also muss ich dir was Handfestes hinterlassen«, sagte sie zu ihm. Eineinhalb Jahre später starb Melinda nach Operationen und Chemotherapien.

Ihre Tapferkeit brachte ihn zum Weinen. Sie war die große Liebe seines Lebens – neben der Gitarre, die sie ihm zur Hochzeit schenkte: eine Fender Stratocaster. Damit er neben seiner klassischen Klampfe auch was zum Angeben habe. Melinda war der großzügigste Mensch, den Johnny je getroffen hat – und ja, er hatte seither andere Frauen, aber nur für Sex und ein bisserl Wärme im Bett. Schließlich ist er Musiker, die haben einen Ruf zu wahren, und die Groupies werden mit der Zeit nicht weniger, sie werden nur älter. An Wochenenden spielt er im *Schwabingclub* die guten alten Lieder von Clapton & Co. Singt dazu mit seiner Whiskystimme. Er hat nie etwas anderes getrunken als Bier und Whisky. Den Frauen gefallen seine Stimme, sein Spiel und die schwarzen Klamotten à la Johnny Cash.

Dann trinkt er mit ihnen nach seinem Auftritt und geht nach Mitternacht mit der Willigsten nach Hause. Um Schönheit geht es ihm nicht. Sex und Wärme. Die meisten Frauen verstehen was von Zärtlichkeit.

Abgesehen von den Wochenenden hat Johnny nur wenig Engagements. Er ist halt nur einer von vielen Gitarristen, kein Jimmy Reed oder Martin Barre. Musikalischer Durchschnitt, da macht er sich nichts vor. Es liegt vermutlich daran, dass er sich nie auf eine Richtung festlegen wollte. Studiert hat er klassische Gitarre, und danach versuchte er sich an Flamenco, Folk, Blues, Rock, Country, Punk … von allem a bisserl und von keinem gut g'nug. So schaut's aus, damit muss er leben.

Geht leider mehr schlecht als recht. Obwohl er keine Miete, nur Nebenkosten und Strom zahlen muss, ist das Geld oft bedrohlich knapp. Johnny fährt mit dem Fahrrad, stellt sich vor der Hofpfisterei an, um Brot von gestern zu kaufen, sucht bei Lidl und Aldi nach Sonderangeboten und hat seit Melindas Tod keine Klamotten mehr gekauft – und trotzdem! Ein paar schlecht bezahlte Auftritte und drei Gitarrenschüler bringen es einfach nicht. Eigentlich müsste er die für ihn zu große Wohnung verkaufen, doch wohin dann? In Münchens Vororte ziehen, die auch immer teurer werden? Da würde es ihm grausen. Er braucht die Stadt, den Lärm, den ganzen urbanen Scheiß. Johnny ist in Ottakring aufgewachsen, das prägt. Er studierte in Wien, bevor er Melinda nach München folgte. Er war ihr Künstler. Sie hat ihn ausgehalten. Es war ein so verdammt schönes und behagliches Leben!

Nachdem er seine unbegabte Schülerin mit Lob überhäuft und sehr pünktlich verabschiedet hat, verfügt er mal wieder über Bargeld, um einzukaufen. Ein paar Flaschen Bier, Brot, Wurst und Eier. Er ist ein Eierspeisenmann, und wenn es *Maries Deli* nicht gäbe, wäre seine Ernährung sehr einseitig. Marie, die gute Marie, bewirtet ihn mit Resterln, mit allem, was so übrig ist in ihrer Küche, und sie berechnet ihm nichts dafür. Nur das Trinken muss er bezahlen. Im Gegenzug repariert er ihre Secondhandmalheure – vom Mixer bis zum Herd –, schließlich hat er Elektriker gelernt in jungen Jahren. Es ist ein gutes Geschäft für beide Seiten, wobei er mehr profitiert, weil ja nicht so viel kaputtgeht.

Johnny verlässt seine Wohnung und begegnet Valentina, die im ersten Stock vor einem Namensschild steht und ihn flehend ansieht: »Ich war doch nicht so lange weg. Wohnt jetzt jemand anderes in meiner Wohnung? Und hat das Schloss ausgetauscht?«

Alle im Haus wissen, dass es in ihrem Oberstüberl spukt, also tätschelt er beruhigend ihren Arm. »Du bist im falschen Stock, Valentina. Eins höher wohnst du. Soll ich dich begleiten?«

Die schönen grünen Augen sind unverändert jung. Sie lächelt kokett: »Aber dass du dir keine falschen Hoffnungen machst, mein Lieber.«

Valentina hatte Sex mit vielen Gitarristen, die er verehrt, und ihr Flur ist voller Fotos. Die Musikgeschichte der Siebziger und Achtziger lebt in ihr gewissermaßen fort, weshalb er sich auf jeden Flirt mit ihr einlässt. Johnny reicht ihr den Arm und begleitet sie in den zweiten Stock. Erst jetzt bemerkt er, dass der Schlüssel von außen steckt. Er sperrt auf, zieht den Schlüssel ab und drückt ihn Valentina in die Hand. »Du solltest mal zum Arzt gehen, Valentina. Du bist so was von vergesslich geworden.«

»Ich habe Angst«, sagt sie. Diese Angst steht ihr ins Gesicht geschrieben, und Johnny kann gar nicht anders, als sie in den Arm zu nehmen und an sich zu drücken. Was sie missversteht: Valentina versucht ihn zu küssen, was eindeutig zu weit geht. Dass er sie jetzt abrupt wegschiebt, wird sie, so hofft er, alsbald vergessen haben. »Ich muss los. Adios, meine Schöne!«

Er ist schneller aus der Wohnungstür, als Valentina antworten kann. Zieht die Tür zu und rennt die Treppen nach unten. Andersherum geht es nicht mehr so schnell, schön langsam spürt er das Alter nahen. Er hat eine miese Krankenversicherung und kann nur hoffen, dass er möglichst lang gesund bleibt. Melinda starb am 23. Dezember, weshalb Weihnachten nicht zu seinen Favoriten zählt. Meistens besäuft er sich mit ein paar Musikerkumpel, die genauso allein sind wie er. Sie kaufen massenweise Bier und Würste und Kartoffelsalat und bunkern sich in seiner Wohnung ein. Weihnachtliches Gelage erfolgloser Musiker. Wenn sie sehr betrunken sind, fassen sie den Plan, eine Band zu gründen und Songs zu komponieren, um berühmt und reich zu werden. The Cash Brothers. Weiter als bis zum Namen sind sie noch nicht gekommen, weil sie bis zum neuen Jahr die schönen Pläne wieder vergessen haben.

Durch das Schaufenster sieht er Anna und Peter im *Deli* sitzen, Bernhard, den saufenden Journalisten, und noch ein paar Leute, die er nur vom Sehen kennt. Johnny schlendert zur Hohenzollernstraße, um Tabak zu holen, den er vergessen hatte. Schwabings Einkaufsstraßen sind dem Glitzer anheimgefallen, Kunstschnee in den Schaufenstern und Fensterdekos an vielen Fassaden. Scheißweihnachten, denkt Johnny, und dass er bis Neujahr das Radio nicht mehr einschalten wird. Weihnachtsklingelinglieder sind in seinen Ohren das Allerletzte.

Als Melinda noch lebte, haben sie schon gefeiert, mit Baum und Pipapo, sie war eine Weihnachtsromantikerin, obwohl sie nie in die Kirche ging. Ganz am Ende hat sie sich dann doch Gott zugewandt, als Johnny nur noch weinte und nicht wusste, ob es Mitleid oder Selbstmitleid war. Es gab ein schönes Begräbnis, und Marie, die den Laden gerade eröffnet hatte, richtete den Leichenschmaus aus. Johnny war so betrunken, dass seine Freunde ihn die Treppe hochschleifen mussten. Zeit heilt, das stimmt. Aber irgendwie fühlt er sich ganz vernarbt.

Im *Deli* setzt er sich zu den Nachbarn und bestellt ein Bier. Marie fragt ihn, ob er den kleinen Rest Gulaschsuppe vom Vortag wolle, und er nickt. Sie spielen dieses Spiel fast jeden Tag, er hat noch nie abgelehnt. Ganz abgesehen davon, dass Marie kochen kann. Das gesteht ihr sogar Anna Hammer zu, die sich für die beste italienische Köchin diesseits der Alpen hält. Anna und Peter Hammer trinken Wein zur Fischsuppe à la *Deli*, und Anna streitet mit Luis von Ahlen darüber, ob Pernod in die Fischsuppe gehöre. Sie sagt Ja.

Luis ist neben Bernhard ein weiterer Stammgast im *Deli*, fast jeden Tag anzutreffen, und Johnny kann ihn nicht leiden, vor allem deshalb, weil Luis zu jedem Thema was zu sagen hat. »Er weiß, was in Paris die Butter kostet«, sagt Marie über Luis, der sich kleidet wie ein Dandy und von Wein über Politik bis zu Wirtschaft umfassend gebildet daherpalavert. Kein Mensch weiß, wo er wohnt oder was er arbeitet, wie alt er ist oder in welcher Garage sein Porsche parkt. Luis pflegt seine Geheimnisse. Luis kommt immer zu Fuß. Wegen des Alkoholkonsums, das leuchtet ein.

Bernhard, der sich im Zustand relativer Nüchternheit gern mit Luis unterhält beziehungsweise streitet, wird mit zunehmendem Alkoholpegel ungeselliger. Trinken, das echte Trinken, ist eine einsame, beinahe sakrale Handlung. Das Ende steht fest, es fallen ein paar Vorhänge, und es gibt wenig Applaus.

Nach dem nächsten Glas, denkt Johnny, wird Marie Bernhard nichts mehr ausschenken, und dann wird der Journalist zu seinen wahren Trinkern in die Eckkneipe ziehen. Wenn er es von dort nicht mehr allein nach Hause schafft, holt ihn seine Mutter ab. Henriette Kinkel ist über achtzig, doch als Exbergsteigerin mit vier Stockwerken nicht überfordert. Allenfalls von ihrem Sohn, dem Schluckspecht.

Nachdem alle gegessen haben, das Geschirr abgetragen ist, und Bernhard und Luis weitergezogen sind, setzt sich Marie neben Johnny an den Tisch. Sie trinkt Wasser, wie immer, und in ihrer Schürze steckt eine Zigarettenpackung. »Kommst du einen Moment mit raus? Ich muss mit dir reden.«

Sie bietet ihm eine ihrer Zigaretten an, damit er nicht drehen muss, und Johnny fragt sich, ob dieses Gespräch unangenehm werden könnte. Will sie mit dem Gratisessen aufhören? Er hat schon lang nichts mehr bei ihr reparieren müssen, vielleicht fühlt sie sich benachteiligt? Oder ist es seine Getränkerechnung, die seit zwei Monaten nicht bezahlt ist? Er nimmt einen tiefen Zug und wappnet sich für ein Gespräch über Geld. Was soll er sagen? Er hat keins.

»Annas Großneffe kommt nach München«, sagt Marie schließlich. »Er will Opernsänger werden und zwei Jahre in München studieren.«

Kein Geldthema, denkt Johnny erleichtert. Aber warum erzählt sie ihm das?

»Das Problem ist die Unterbringung. Frederico kann allerdings nicht mehr als vierhundert im Monat zahlen. Dafür kriegst du hier das allerletzte Loch – oder du gehst ganz weit raus, und er hat kein Auto. Anna hat es mir eben erzählt, sie ist ganz verzweifelt. Und da hatte ich eine Idee.«

Johnny fröstelt. »Sag es schnell, mir ist kalt.«

Marie lächelt hintergründig. »Du kannst es dir denken. Ich dachte, dass Frederico bei dir einziehen kann für ein paar Monate. Du brauchst dein viertes Zimmer nicht, hast als Einziger zwei Bäder und – die vierhundert im Monat kannst du auch gebrauchen. Oder nicht?«

Täuscht er sich oder klingt ihre Stimme ein wenig drohend? Er schuldet ihr an die zweihundert Euro, da war noch das Besäufnis an seinem Geburtstag. Ein wildfremder Opernsänger? In seiner Wohnung? »Also, ich weiß nicht. Vielleicht stört er sich an meinen Gitarrenstudenten. Oder wenn ich spiele. Wieso kann er nicht bei Anna und Peter unterkommen? Die haben doch auch ein Extrazimmer.«

Marie lächelt: »Hab ich auch gefragt, aber Anna hat mir erklärt, dass das freie Zimmer direkt neben ihrem Schlafzimmer liegt, da ist nur eine Tür dazwischen. Man hört jedes Geräusch, du weißt schon.«

Johnny wirft seinen Zigarettenstummel in den Gully. »Willst du damit sagen, die zwei …?«

Maries Lächeln wird anzüglich. »Ich könnte es mir vorstellen. Schau nicht so entsetzt, die beiden sind alt genug dafür. Also, überleg's dir. Ich finde, du solltest das machen. Jeder hat was davon – und Anna wäre dir ewig dankbar.«

Johnny sagt, dass er es sich überlegen wird. Er weiß aber auch, dass dies eines jener Angebote ist, die man nicht ablehnen kann. Denn dann würde er sich Annas und Maries Unwillen zuziehen. Die zwei Köchinnen seiner Eierspeisenexistenz. Schiefes Lächeln: »Ich denk drüber nach und sag dir morgen Bescheid.«

Marie strahlt, als ob sie Gedanken lesen könnte. »Fein. Lass uns reingehen. Zur Feier des Tages spendier ich noch Kaffee und Schokotarte.«

Frederico also. Johnny folgt ihr ins *Deli* und hilft, schmutzige Gläser einzusammeln. Als er mit Marie auf der kleinen Treppe steht, die zur Küche führt, merkt er, wie auf einmal ihr Gesicht erstarrt. Als ob sie ein Gespenst sähe. Dann lässt sie das Tablett mit den Gläsern fallen. Es klirrt gewaltig.

Er schaut erst auf den Scherbenhaufen zu seinen Füßen, dann folgt er ihrem Blick nach draußen. Am Schaufenster steht ein Mann, der nach Innen späht. Er sieht nicht bedrohlich aus.

»Was zum Teufel …?«, sagt Johnny.

»Es ist niemand.« Marie geht in die Küche, um Handbesen und Aufnehmer zu holen. Ihr Gesicht ist eine Maske. Ihr Gesichtsausdruck gefällt ihm nicht.

8

Das Gespenst dieser Weihnacht

Johnny hilft ihr, die Scherben von der Treppe zu fegen. Marie sieht zu Boden und nicht mehr dorthin, wo das Gespenst aus der Vergangenheit auftauchte. Vielleicht hat sie sich auch geirrt, so grau und dunkel, wie es draußen ist. Eine Sinnestäuschung, und jetzt blickt sie auf – die Gestalt am Schaufenster ist verschwunden.

»Danke, Johnny, den Rest schaff ich allein.«

Auch Anna und Peter verabschieden sich nach Kaffee und Kuchen, sie wollen einen kleinen Spaziergang machen. Für den Augenblick ist Marie allein, und sie hofft, dass es eine Weile so bleiben wird. Räumt Gläser und Geschirr in die Spülmaschine, die ein alter Stromfresser ist. Arm sein ist oft teuer. Nein, sie ist nicht arm. Bloß Lichtjahre entfernt von finanzieller Sorglosigkeit, und das wird wohl nix mehr in diesem Leben. Sie hat vor Schreck sechs Gläser zerbrochen, als sie die Erscheinung am Fenster sah. Sie hatte große Ähnlichkeit mit Oliver. Maries Exmann.

Die *Internationale* dudelt, und sie geht aus der Küche in den Verkaufsraum. Hat ihre Schürze immer noch um, die mit dem roten Schriftzug »Marie« auf weißem Untergrund. Ein Geschenk von Anna, die auch Schneidern kann.

Im *Deli* steht das Gespenst. »Hallo, Marie.«

Das Ticken der alten Bahnhofsuhr über der Tür ist sehr laut. Ticktack. Marie spürt eine Art Schockstarre. »Hallo, Oliver«, sagt sie. Zwingt sich, die Treppe ganz hinunterzugehen, auf ihn zu. Sie nimmt seine ausgestreckte Hand. Sie fühlt sich weich und nass an. »Was führt dich nach München? Und hierher?«

Er nimmt sich einen Stuhl und setzt sich. Breitbeinig, verkehrt rum, die Arme auf die Lehne gestützt. Sie kennt die Haltung, es ist seine angriffslustige.

Marie verschränkt ihre Arme vor der Brust. Ihre Konfrontationshaltung. Sie mustern sich in einer Mischung aus Fremdheit und Vertrautheit, bis er sagt: »Kann ich einen Espresso haben?«

Nein, will sie sagen, nickt aber und geht in die Küche, hantiert lautstark mit der Maschine, kommt mit der Espressotasse zurück und stellt sie vor ihn hin. »Was willst du hier?«

Oliver mustert sie neugierig. »Ich hatte in München zu tun. Und da dachte ich, ich schau mal vorbei. Einer unserer Lieferanten kennt das *Deli* und sagte mir, dass du hier arbeitest. Wie lang hast du den Laden schon?«

»Vier Jahre.«

»Und – wie läuft er?«

»Ich bin zufrieden. Nette Stammkundschaft.« Sie hat wahnsinnige Lust auf eine Zigarette. Sie braucht jetzt eine Krücke, mindestens eine.

Oliver Singer sieht sich um, dann schaut er sie mit einem Lächeln an, das sie von früher kennt. Sehr viel früher, als es noch eine Liebe gab. »Ja, es schaut gut aus. Du übrigens auch. Gehe ich recht in der Annahme, dass du zurzeit nicht trinkst?«

Für diese Formulierung könnte sie ihm eine reinhauen. Stattdessen räuspert sie sich. »Vier Jahre, sieben Monate und elf Tage.« Sie denkt kurz nach: »Und fünf Stunden, siebenunddreißig Minuten.«

Als er sie das letzte Mal sah, vor über fünf Jahren, da war sie ein Wrack. Kam betrunken in die Verhandlung, bei der es um das Sorgerecht für die Zwillinge ging. Ihr Anwalt bemühte sich verzweifelt, aber etwas Besseres als der Auftritt der betrunkenen Mutter hätte der Gegenseite gar nicht passieren können. Der Vater bekam das alleinige Sorgerecht für die Kinder, und der Richter ermahnte Marie nach dem Urteilsspruch, einen Entzug zu machen. Sie fing an zu schreien und wurde von dem Justizbeamten aus dem Gerichtssaal gezerrt. Das war die letzte Begegnung von Marie und Oliver Singer. Ihrem Gesicht sieht er an, dass auch sie daran denkt. Auf ihrer Stirn steht in großen, unsichtbaren Lettern Schmerz geschrieben. »Ich freue mich aufrichtig für dich, Marie. Wirklich.«

Davon, denkt sie, bekomme ich meine Kinder nicht wieder. Marie versucht sein Lächeln zu erwidern, doch es fällt ihr schwer. »Danke. Ich freu mich auch.«

Nach dem Urteil hat sie vier Wochen lang getrunken und landete irgendwann in einer Ausnüchterungszelle. Dann kalter Entzug in der Geschlossenen. Danach nahm ihr Berliner Bruder sie auf, und sie ging zu den Anonymen Alkoholikern. Tausend Scherben mussten aufgefegt werden auf dem Weg in ein nüchternes Leben.

»Es ist hübsch geworden.« Er sieht sich um und denkt, dass sie eine fabelhafte Dekorateurin wäre. Marie hat viele Talente, nur leider war ihr größtes, ihr Leben durch Saufen zu ruinieren. Er hat einige Entziehungskuren in ihrer gemeinsamen Zeit erlebt. Während der Schwangerschaft hat sie nichts getrunken. Doch dann, zwei Monate nach der Geburt, fing sie erneut damit an. Erst nur ein wenig, dann immer mehr – bis mal wieder alles außer Kontrolle geriet.

»Du hast meine Frage nicht beantwortet, Oliver: Warum bist du hier?«

Sie waren zwölf Jahre verheiratet. Bis er die Scheidung einreichte und den Sorgerechtsprozess gewann. »Willst du nicht fragen, wie es den Kindern geht?«

Hat sie sich in den letzten Jahren jemals etwas anderes gefragt? »Wie geht es meinen Kindern?«

Oliver holt ein Foto aus seiner Brieftasche und hält es ihr hin. Marie greift danach, viel zu hastig, aber für diesen Gedanken ist es schon zu spät.

»Das sind die beiden an ihrem sechzehnten Geburtstag. Lena und Leon.«

»Ich habe ihre Namen nicht vergessen.« Auch nicht, dass sie Kontaktverbot bekam, nachdem sie furchtbar betrunken in Olivers Haus aufgetaucht war. »Kann ich das Foto behalten?«

Er denkt, dass sie es ohnehin nicht mehr hergeben würde, und nickt. »Sie sind beide im Internat und machen sich gut. Na ja, geht so. Leon ist ein bisschen faul.«

Lena und Leon: Sie kann den Blick nicht von den beiden lösen. So vieles möchte sie ihn über ihre Kinder wissen. Der Vater interessiert sie nicht mehr. Trotzdem fragt sie: »Hast du nicht mehr geheiratet?«

Oliver studiert das Weinregal: »Nein, durch den Laden und die Kinder kam was Dauerhaftes nicht zustande. Obwohl ich zurzeit eine im Auge habe. Lena und Leon sind ja inzwischen im Internat und kommen nur in den Ferien nach Hause. Sie können schon für sich selbst sorgen. Sie tun zumindest so.«

Von allem, was sie in ihrem Leben kaputt gemacht hat, ist dies das Schlimmste: die Beziehung zu den Kindern. Obwohl sie ihn dafür hasst, weiß Marie, dass Oliver damals das Richtige getan hat: sie ihr wegzunehmen. Das gab ihr einerseits den Rest – und dann auch wieder den Grund, etwas zu ändern. Sie weiß noch genau, an welchem Tag sie das letzte Glas trank: am Geburtstag der Zwillinge. Es war ein Glas Wodka. Sie trank es in einem Zug leer und warf es dann gegen die Wand. Bekam Lokalverbot, aber das spielte keine Rolle mehr. Sie hat nicht mehr getrunken. Sie wird nie mehr Alkohol trinken. Sie wird immer eine Alkoholikerin sein.

»Und du?«, fragt Oliver. »Bist du inzwischen liiert?«

Marie schüttelt heftig den Kopf. »Nein. Können sich die Kinder an mich erinnern? Ich meine, reden sie mal von mir?«

Er fragt sich, was sie hören will, und entscheidet sich für die Wahrheit: »Bestimmt erinnern sie sich, aber sie reden nicht mehr von dir. Stimmt nicht: Leon hat mich neulich gefragt, wo du bist und wie es dir geht. Ob du noch immer so viel trinkst. Da ich keine Antwort darauf wusste, habe ich gedacht, ich schau mal vorbei, wenn ich in München bin.«

Das beantwortet ihre erste Frage. Der Frosch in ihrem Hals fühlt sich ziemlich groß an. Marie räuspert sich wieder. »Dann kannst du ihm jetzt sagen, dass es mir gut geht. Und dass ich seit vielen Jahren trocken bin.«

»Du hast«, sagt Oliver, »immer wieder damit angefangen.«

Er ist ein Arsch. Er hat recht. »Diesmal aber nicht. Ich gehe regelmäßig zu den Anonymen Alkoholikern. Ich gehe zum Boxen. Ich mache Yoga. Ich arbeite. Ich weiß, man soll nie nie sagen. Ich sag's trotzdem: *Nie mehr.*«

Er möchte ihr glauben, weiß aber nicht, ob er es kann. Oliver Singer erinnert sich an die gemeinsame Zeit, und wie Marie es schaffte, alles zu zerstören, das gut war zwischen ihnen. Er kann nicht vergessen. Und er glaubt, dass es den Kindern genauso geht. Am Anfang, als Marie aus ihrem Leben verschwand, haben sie viele Fragen gestellt. Er hat versucht, sie zu beantworten. Irgendwann hörten sie damit auf, und er war erleichtert. Marie war Vergangenheit geworden. Leons Vorstoß hat ihn deshalb überrascht. Und jetzt tut es ihm schon leid, dass er hergekommen ist. Was soll er seinem Sohn sagen? Deine Mutter trinkt nicht mehr? Aber was heißt das schon!?

Marie nimmt seine Tasse, und er sieht, dass ihre Hand zittert. Es erinnert ihn an früher. Zitternde Hände. Trübe Augen. Das Lallen. Das Schwanken. Die versteckten Flaschen. Die Frau, die über den Boden kriecht, weil sie nicht mehr laufen kann. Die erbricht und dann weitersäuft. Irgendwann war sein Mitleid verbraucht. Da war nur noch Ekel und die Sorge um sich und die Kinder. Und dann hat er die Scheidung durchgezogen und das Sorgerechtsverfahren.

»Du glaubst mir nicht«, sagt Marie jetzt. »Ist schon okay. Ich kann's sogar verstehen. Sag den Kindern, dass es mir gut geht. Dass sie mir fehlen – jeden verdammten Tag. Und bitte geh jetzt. Du warst eingeladen.«

Er möchte gern etwas sagen, das gut und richtig klingt. Doch ihm fällt nichts ein außer »Danke schön«. Er steht auf und gibt ihr einen Kuss auf die Wange. Hingehaucht. Dann geht er. Marie steht da und sieht ihm nach. Jetzt, genau in dieser Sekunde, würde sie rasend gern was trinken. Wein, Bier, Schnaps, ganz egal. Nur das warme Gefühl im Mund spüren, im Bauch – im Kopf. Marie kennt dieses Verlangen seit Tausenden von Tagen. Es krallt sich ins Hirn wie ein unsichtbarer Bagger. Schmerzhaft. Und es flüstert ihr zu, dass alles besser wird, wenn sie jetzt nur ein Glas trinkt. Eines nur. Nicht mehr.

Marie fixiert die Rotweinflasche, die sie für einen Gast geöffnet hatte. Ein Glas nur, was kann das schon anrichten … und dann sieht sie Anna, die durch die Tür stürzt. Anna, die in Aufruhr ist: »Komm schnell, Marie. Peter ist gestürzt. Er kann nicht mehr aufstehen …«

9

Disziplin, altes Mädchen!

Auch sein Vater trank viel, weshalb Henriette Kinkel glaubt, dass Bernhards alkoholische Eskapaden genetisch bedingt sind. Jenseits der Vererbungstheorie ist Henriette überzeugt davon, dass Leute aus Langeweile trinken. Weil sie sich nüchtern nicht mögen. Weil sie wütend sind. Weil sie vergessen wollen. Aus all diesen Gründen trinkt Bernhard, ihr einziger Sohn. Das ist traurig, doch aufgrund seiner guten Erziehung ist er selbst im alkoholisierten Zustand noch ein halbwegs angenehmer Zeitgenosse: geistreich und charmant. Nur manchmal übertreibt er es, dann muss sie ihn abholen, als ob er ein Kind wäre, das nicht allein gehen kann.

Dabei hat es vielversprechend begonnen. Bernie war gut in der Schule, glänzendes Abitur, die Journalistenlaufbahn. Es waren die goldenen Zeiten des Journalismus damals, und er kletterte die Karriereleiter schnell hoch bis zum stellvertretenden Chefredakteur. Doch dann, vor ein paar Jahren, wechselte die Chefetage, Bernie verstand sich nicht mit den neuen Typen – und bums, war er draußen vor der Tür. Mit einer guten Abfindung immerhin, doch von da an hatte der arme Junge zu viel Zeit zum Faulenzen – und zum Trinken. Die Aufträge für freie Journalisten wurden spärlicher und schlechter bezahlt. Seine Frau verließ ihn wegen eines anderen, er verprasste sein Geld mit Champagnerorgien und Prostituierten. Dann war er irgendwann pleite.

Offenbarungseid. Bernie musste zurück in Mutters Schoß kriechen.

Gewollt hat sie das sicher nicht! Doch wie hätte sie ihm das Zuhause verweigern können, als er vor drei Jahren mit zwei Koffern vor ihrer Tür stand? Platz gibt es ja in der Vierzimmerwohnung, die sie zur Miete bewohnt. Fritz gibt es nicht mehr, Henriettes langjähriger Ehemann verliebte sich mit fünfundsiebzig via Internet in eine Amerikanerin und zog zu ihr nach Florida. Grußlos, gewissermaßen. Nach dem ersten Schock war Henriette ihm regelrecht dankbar. Er war zu einem schrecklichen alten Mann geworden, der sich unverzeihlich gehen ließ. Nicht so ein liebenswertes Wesen wie Annas Malergatte, der im hohen Alter noch charmant und attraktiv ist.

Henriette ist froh, dass sie ihren alten Grantler los ist, auch wenn sie mit der Rente die monatlichen Kosten gerade mal so deckt. Seit ein paar Wochen gibt sie Turnstunden für Senioren, das bessert die Haushaltskasse auf. Und alle zwei Monate drückt Bernhard ihr ein paar Hunderter in die Hand, keine Ahnung, wo er die herhat. Auf ihre Fragen gibt er nur ausweichende Antworten. Auftragsarbeiten, ha! Zwar sitzt er zu Hause überwiegend vor seinem Laptop, doch die meiste Zeit spielt er oder treibt sich im Internet herum.

»Such dir einen Job. Und dazu eine Frau.« Das sagt sie ihm öfter, aber Bernhard hört einfach nicht zu. Wenn er in der richtigen Stimmung ist, was wiederum mit seinem Alkoholpegel zu tun hat, dann behandelt er sie wie eine Königin. Aber er kann auch anders, und es gibt Tage, an denen sie ihn furchtbar gerne rauswerfen würde. Doch dann sagt sie sich, dass er nirgendwohin gehen kann, der arme Bub.

Alles Negative muss er von Fritz haben, denn Henriette war immer ein positiver, disziplinierter Mensch. Sie hat auf ihren Körper geachtet und den Geist trainiert. Sie isst vegetarisch und trinkt nie mehr als ein Glas Wein oder Bier am Tag. In ihrem Beruf als Finanzbeamtin war sie stets korrekt, aber nicht übereifrig. Sie war bei Kollegen und Vorgesetzten beliebt und ging fast immer mit einem Lächeln zur Arbeit. Turnen war hilfreich, Meditieren auch. Ohne die antrainierte Gelassenheit hätte sie Fritz bestimmt nicht so lange ertragen. Und Bernie auch nicht. Disziplin, altes Mädchen! An ihrem Körper ist nicht ein Gramm Fett, weshalb die Falten deutlicher hervortreten. Nun ja, sie ist einundachtzig und hat ein Recht auf Falten. Sie hätte auch das Recht auf einen geruhsamen Lebensabend. Die Suppe hat ihr Bernie gründlich versalzen. »Hör auf zu trinken.« Wie oft hat sie den Satz schon in den Raum geschleudert?

Von bösen Gedanken ooomt sie sich zu Katastrophen, die sich außerhalb ihrer Wohnungstür abspielen. Von Sissy weiß sie, dass Peter sich bei seinem Sturz vor dem Haus den Oberschenkelhals gebrochen hat und im Krankenhaus liegt. In seinem Alter ist das nicht ungefährlich – die arme Anna, sie fährt jeden Tag in die Uniklinik, um am Bett ihres Mannes zu sitzen. Die zwei sind ein Paar, wie es Henriette noch nie begegnet ist. Fast so, als wären sie eine Person, als würden sie ineinander verschmelzen und ohne den anderen nicht lebensfähig sein. Darum hat Henriette Anna oft beneidet, doch auch diese Geschichte hat zwei Seiten. Was, wenn Peter sterben sollte? Was macht seine weibliche Hälfte dann?

Die arme Sissy von Kuehnen wiederum wünscht sich nichts sehnlicher als einen Mann. Sie ist in dem

Alter, in dem manche Frauen das Alleinsein als Niederlage begreifen. Sissy stürzt sich auf jeden, der sich ihr mehr als auf einen Meter nähert. Das ist manchmal peinlich und seltener amüsant. Sissys Freundinnen, alle so um die vierzig plus, haben diesen hungrigen Hyänenblick. Wenn sie im *Deli* stehen und an einem Glas Wein nippen, starren sie Maries Torten in der Vitrine an und jeden Mann, der zur Tür hereinkommt. Möchten so gerne naschen. Doch am Baum der Erkenntnis hängt kein Apfel.

Kann man das unter Sissys Anleitung weglachen? Den Frust der mittleren Jahre? Henriette kann sich erinnern, dass sie zwischen vierzig und fünfzig viel Disziplin brauchte, um ihr Leben auszuhalten. Bernie ging aus dem Haus, und Fritz zog sich in sein mürrisches Ich zurück, um Jahre des vorwurfsvollen Schweigens einzuleiten. Damals fing Henriette mit Yoga an. Und Bernie mit dem Trinken. Gehörte ja zum Berufsbild dazu. Journalisten waren trinkfest. Und anders als sein Vater, der vor dem Fernseher seine Biere kippte, bis er auf der Couch einschlief, war Bernie ein Gesellschaftsschluckspecht. Immer gut drauf, und in den Anfangsjahren war sie noch stolz auf ihren Sohn. Die Schwiegertochter mochte sie auch, schade, dass die dumme Kuh nicht die Disziplin hatte, ihren Mann auch in schlechten Tagen zu ertragen.

So wie die Familie nebenan. Er hat diesen Oberlehrerton drauf, und seine Frau gärtnert, als ob es um ihr Leben ginge. Sie tut so, als ob der Garten des Hauses ihr allein gehöre, und das Gör ist schnippisch und laut. Die Kleists gehören zu den wenigen im Haus, die selten ins *Deli* gehen. Wahrscheinlich ist er zu geizig und lässt seine Frau täglich kochen. Was Henriette daran erinnert, dass sie schon längst Anna,

Peter und Valentina zum Essen einladen wollte. Das arme Ding, das jeden Tag vergesslicher wird und sich in letzter Zeit immer seltsamer kleidet. Valentina trägt Sachen auf, die sie wohl in jungen Jahren gekauft hat, sehr teure, aber auch verwegene Kleidungsstücke, die einer Siebzigjährigen nicht mehr gut zu Gesicht stehen, selbst wenn sie ihre Figur gehalten hat. Das muss man Valentina lassen: Sie hat immer noch diesen erstklassigen Körper, obwohl sie sich Henriettes Einladung zu ihrem Oldtimerkurs beständig verweigert. *No sports*. Auch Bernie, der früher täglich gejoggt ist, tut nichts mehr, außer sein Glas zu heben.

Wenn man vom Teufel spricht ... Henriette hört Geräusche an der Eingangstür. Bernie findet das Schlüsselloch mal wieder nicht, dieser elende Suffklassiker, denkt sie und geht zur Tür, um sie zu öffnen. Bernhard steht vor ihr, nein, er schwankt, den Schlüssel in der Hand, der jetzt auf ihre Brust zeigt. »Hallo, Mutterherz ...«, nuschelt er mit dummem Grinsen, dann fällt der Schlüssel zu Boden, kurz darauf er.

Bernhard ist ein großer, schwerer Mann, und er liegt jetzt draußen vor der Tür. Seine Augen sind geschlossen, doch verletzt scheint er nicht zu sein. Besoffene fallen wie Kinder, folgenlos, sie erlebt es nicht zum ersten Mal.

»Steh auf«, sagt Henriette leise.

Keine Reaktion. Es sieht so aus, als ob er lächle. Sie tritt ihn sanft in die Taille. »Komm, Bernhard, steh auf. Ich kann dich nicht allein hochheben, du bist zu schwer ...«

Er lächelt noch immer, doch er reagiert nicht. Henriette denkt sich, lieber Gott, lass jetzt nicht meine Nachbarn hochkommen oder – Gott bewahre – den Hausbesitzer. Wie peinlich das wäre … Lauter: »Verdammt, jetzt steh endlich auf!«

»Ist was passiert? Kann ich helfen?«

Natürlich, ausgerechnet jetzt kommt Fehrendonk die Treppe hoch, steht jetzt vor, oder besser gesagt: über Bernhard und sieht sie fragend an. »Ist er krank? Soll ich die Rettung verständigen?«

Bernhard grunzt irgendwas. Henriette wünscht sich auf einen anderen Planeten. Doch eine Antwort muss her, und sie überwindet sich: »Keine Rettung, nein. Mein Sohn ist nur betrunken. Das passiert gelegentlich. Wenn Sie mir vielleicht helfen könnten, ihn in die Wohnung zu … ziehen …?«

Sie schleifen Bernhard, der Unverständliches lallt, gemeinsam wie einen Teppich durch den Flur, Fehrendonk zieht, und Henriette hält den Körper an den Füßen fest. Am Ende des Flurs liegt Bernhards Zimmer, und auf »eins, zwei, drei« hieven sie ihn auf das Futonbett. Der Körper fühlt sich an wie ein nasser Sack. Alkoholgefüllt.

»Sie sind stark«, sagt Fehrendonk. Henriette führt Disziplin ins Feld. Und dann: »Danke, dass Sie mir geholfen haben. Kann ich irgendwas … kann ich Ihnen was anbieten?«

Er sieht aus, als habe sie ihm einen unziemlichen Antrag gemacht. »Oh nein, auf keinen Fall. Danke. War mir eine Freude, nein, war kein Problem. Wir trinken alle mal über den Durst.« Wendet sich ab und flüchtet beinahe.

Henriette zuckt zusammen, als die Tür ins Schloss fällt. Eine große Peinlichkeit war das. Andererseits wissen längst alle im Haus, was mit Bernhard los ist. Jetzt also auch Fehrendonk. Er sah merkwürdig aus, irgendwie zerknautscht, bei einer Frau würde man »verheult« sagen. Verdammt, sie spürt einen Schmerz, den sie bisher nicht kannte. Links in der Brust. Ihr Herz war doch immer in Ordnung. Diszipliniert. Pumpte zuverlässig. Sie greift an die Stelle, an der es schmerzt. Dann hört der Schmerz auf.

Sie atmet einmal tief durch, bevor sie in Bernhards Zimmer geht. Er liegt auf dem Rücken und schnarcht. Sie sucht nach Alkohol, den er versteckt haben könnte, und findet eine halb volle Wodkaflasche. Nimmt sie mit und schüttet sie im Spülbecken aus. Dann stellt sie zwei Wasserflaschen neben Bernhards Bett, zieht ihm die Schuhe aus und breitet die Decke über ihn. Er war ein so bezauberndes Kind und manchmal ist er das immer noch. Doch an Tagen wie diesem spielt sie mit dem Gedanken, ihn aus der Wohnung zu werfen. Das Ultimatum: Entweder hörst du auf zu trinken, oder du musst gehen! Aber nicht jetzt, nicht vor Weihnachten. Im Frühling, denkt Henriette, wenn es draußen nicht mehr so kalt ist, wird sie ihn vor die Wahl stellen. Mit dem kleinen, irrwitzigen Funken Hoffnung, dass er bleiben wird.

10

Der Weihnachtswunsch

»Sie schreibt gute Noten, raucht und trinkt nicht, isst normal – und sie hasst ihre Eltern nicht. Was haben wir falsch gemacht?«

Eva liebt diese ironische Beschreibung ihrer jüngsten Tochter Fee, die mit sechzehn in keiner wie auch immer gearteten Pubertätskrise zu sein scheint. Eva und Tony glauben also, dass sie alles richtig gemacht haben. Die liberale Erziehung mit einem Spritzer Disziplin und Strenge. Fee als die perfekte Nachfolgerin ihrer älteren Geschwister, die inzwischen in England studieren. Eva, Journalistin, und Tony, Psychologe, sind stolz auf ihre Kinder, die sie als eine Art Lebenswerk betrachten. Oder als ein Projekt, in das sie viel Zeit und Geld investierten, um es zum Erfolg zu führen. Über die Rolle der Eltern in der Pubertät hat Tony mit Evas Hilfe ein Buch geschrieben, das zu seiner Überraschung kein Bestseller wurde.

Die Kleists wohnen seit knapp siebzehn Jahren in der Sternstraße, sie sind vor Fees Geburt, als die alte Wohnung zu klein wurde, hierhergezogen. Tony arbeitet in einer Einrichtung für Suchtkranke, und Eva schreibt ab und zu Artikel für Frauen- und Familienzeitschriften. Die Kleists wählen grün und fahren aus Prinzip mit dem Fahrrad. Sie kauften immer schon in Bioläden und auf Bauernmärkten. Zu den Nachbarn pflegen sie einen freundlich-distanzierten Kontakt. Man bleibt für sich oder unter seinesgleichen, das sind Psychologenkollegen und grüne Mütter, die sich wie Eva für Urban Gardening begeistern. Jetzt, da die Kinder groß sind, sucht Eva nach neuen Projekten und hat bisher Gärtnern, das Schreiben von Artikeln über Gärtnern sowie Gedankenspiele über die Gründung einer neuen Partei mit Fokussierung auf Genügsamkeit und Selbstversorgung gefunden.

Tony findet, dass seine Frau den grünen Daumen ein ganz klein wenig zu oft hochhält, doch würde ihm im Traum nicht einfallen, sie dafür zu kritisieren. Sie ist eine fabelhafte Mutter und Ehefrau und hat ihm immer den Rücken frei gehalten für seine Interessen. Sozialprojekte überwiegend, aber er tummelt sich auch in Schwabinger Kunstkreisen und hilft bei der Organisation von Veranstaltungen. Keine Demo ohne Eva und Tony, sie haben auch oft die kleine Fee mitgenommen, wenn anzunehmen war, dass kein Tränengas zum Einsatz kommen würde.

Die Wintermonate sind für Eva die Zeit des Indoor Gardenings, und sie hat die Wohnung in eine »grüne Hölle« verwandelt (Fees Meinung). In einem einzigen großen Topf im Elternschlafzimmer züchtet Eva eine Marihuanapflanze, die von einer Wärmelampe angestrahlt wird. Fee findet das »außerirdisch«, Tony legt sich nicht fest, und Eva will sich beweisen, dass sie auch mit schwierigen Pflanzen klarkommt. Zu Weihnachten wünscht sie sich ein kleines Gewächshaus, das sie im Garten aufstellen will. Dafür braucht sie noch die Genehmigung des Hausbesitzers, doch zweifelt Eva keine Minute daran, dass er ihre Bemühungen unterstützen wird. Sie kann sehr überzeugend sein, wenn sie von etwas überzeugt ist. Weshalb ihr ja auch der Gedanke kam, dass sie eine Partei gründen sollte. Die Partei der Gärtner. Die neuen

Grünen. In ihrem Blog und auf Facebook und Twitter sammelt Eva Anhänger für ihre Idee. Tony war der Erste, der »Gefällt mir« klickte. Er fände es wirklich gut, wenn Eva als Politikerin Karriere machte.

Er hat im Internet nach kleinen Gewächshäusern gesucht und eins gefunden, das bezahlbar ist. Sein Gehalt ist ordentlich, aber nicht spektakulär, und drei Kinder plus Ehefrau wollen versorgt werden. Insgeheim arbeitet er an einem neuen Buch über das Suchtverhalten von Jugendlichen. Er will nicht, dass Eva ihm beim Schreiben reinredet. Das hat sie beim letzten Manuskript getan – und es hat ihn in seiner Kreativität irgendwie gehemmt. Eva hat einen starken Willen und stählerne Meinungen – und weiß sie durchzusetzen. Das versteht er nicht als Kritik an ihr, oh nein, dafür bewundert er sie sogar. Doch manchmal ist es ihm einfach lieber, Eva außen vor zu lassen. Nicht alles auszudiskutieren. Auch mal etwas nur so nach Gefühl zu machen.

Fee weiß nicht, wie sie die Biegsamkeit ihres Vaters finden soll. Er hat zu allem eine Meinung, kann sie aber blitzschnell verfremden und seiner Umgebung anpassen. Andererseits ist er ein guter Vater, längst nicht so anstrengend wie Eva, und bewundernswert in seinen sozialen und kulturellen Engagements. Wenn er Gutes tut, redet er gern darüber.

Für den Gartentick ihrer Mutter hat Fee wiederum weniger übrig. Gartenarbeit ist anstrengend und macht schmutzige Fingernägel. Sie glaubt auch nicht daran, dass Selbstversorgung mit den Früchten des Gartens die einzige Überlebenschance ihrer Generation ist. Aber sie beneidet ihre Mutter um deren Energie und Umtriebigkeit. So weit sie zurückdenken kann, waren ihre Eltern immer mit Projekten beschäftigt. Es gibt keinen Fernsehapparat in der Wohnung, diese Form der Zeitverschwendung ist in der Familie Kleist verpönt.

Doch besitzt jeder einen Computer, und Fee streamt auf ihrem Laptop alle Serien und Filme, die sie mag. Sie liebt Vampire und hat auch schon mal versucht, Blut zu trinken. Es hat nicht geschmeckt. Sie hat mit dreizehn zum ersten Mal geraucht und beschränkt sich nun auf einen Joint ab und zu, wenn sie mit Freunden abhängt. Alkohol schmeckt ihr nicht, mit Ausnahme von Rum-Cola, doch das trinkt sie der Kalorien wegen nur selten. Fee hat nicht den Traum, Germany's next Topmodel zu werden, doch sie versucht, ihre Figur im Zaum zu halten. Und sie rasiert sich überall am Körper, was ihre Mutter als »unnatürlich« ablehnt.

Das Gärtnern hat Eva auf einen Zurück-zur-Natur-Trip geführt, den ihre Tochter manchmal bizarr findet. Doch wie ihr Vater scheut sie davor zurück, Eva offen infrage zu stellen. Es würde nur zu Grundsatzdiskussionen führen, denen sich Fee noch nicht gewachsen fühlt. Besser, das gute Kind zu mimen, das mit den Eltern konform geht. Fee weiß, dass sie dieses Stück nicht ewig aufführen kann, doch im Augenblick mag sie ihr häusliches Leben so unkompliziert wie möglich. Eva und Tony sind ohnehin viel unterwegs, weshalb sich die Täuschungsmanöver im Rahmen halten. Fee ist keine Jungfrau mehr, warum sollte sie das ihren Eltern erzählen? Die Rebellion im Familienkreis ist out. Die meisten ihrer Freunde arrangieren sich irgendwie, denn wer weiß, ob man als Student eine bezahlbare Bude findet? Dann ist es doch besser, wenn zu Hause die Stimmung passabel ist.

Das war sie auch bei den Kleists bis zu dem Augenblick, in dem Eva ihre Tochter fragte, was sie sich zu Weihnachten wünschte: Ein neues Handy vielleicht? Oder sollte man sich gemeinsam ein soziales Projekt suchen und dafür spenden?

»Ich wünsch mir einen Flüchtling.«

Das ist Fee so rausgerutscht. Die Gesichter von Eva und Tony gleichen riesigen Fragezeichen. Es ist ihr tatsächlich gelungen, ihre Eltern zu überraschen.

Nach Sekunden des betroffenen Schweigens fängt sich Eva wieder: »In welcher Form hättest du ihn gern?«

Tony lacht, weil er es für einen Witz hält. Eva lacht nicht, und Fee bereitet sich auf eine Familiendiskussion vor. Sie bereut, was sie gesagt hat, aber jetzt will sie die Sache ein Stück weit durchziehen. Schon um ihre Mutter ins Unrecht zu setzen.

»Komische Frage – lebendig hätt ich ihn oder sie gerne. Wär doch kein Problem mit dem Platz. In dem Geschwisterzimmer, das sowieso nur voller Pflanzen steht, zum Beispiel. Wär doch definitiv hilfreicher als die Montagsdemos.«

»Ein ernsthafter Weihnachtswunsch?«, fragt Tony, der immer noch an einen Scherz glauben möchte.

Fee nickt. Je länger sie darüber redet, desto besser findet sie die Idee. »Ja. Das wünsche ich mir wirklich – von euch.«

»Vor zwei Jahren«, sagt Eva, »hast du dir noch einen Hund gewünscht.«

»Den ich nicht bekommen habe, ich weiß. Welche Einwände hast du diesmal?«

Oh, und hier ist sie nun, die Situation, die Fee so lange so geschickt vermieden hat. An Evas Griff nach der Weinflasche kann sie erkennen, dass sie ihre Argumentationsarmee mobilisiert. Tony schaut beunruhigt von der Mutter zur Tochter. »Eva ist allergisch gegen Hundehaare, das weißt du doch.«

Fee lächelt mit schmalen Lippen. »Ja, aber sie ist doch nicht allergisch gegen Flüchtlinge, oder?«

Eva trinkt und setzt ihr Glas hart ab. »Die Ironie kannst du dir sparen, liebes Kind. Dein Vater und ich haben schon mehr für ausländische Mitbürgerinnen und Mitbürger getan, als du dir vorstellen kannst.«

»Ihr geht zu Demos«, sagt Fee.

»Wir spenden aber auch, und ich habe vor zwei Jahren einen Lesekreis für Flüchtlinge organisiert«, sagt Tony.

Eva holt tief Luft: »Wir haben das interkulturelle Gardeningprogramm mit bosnischen Frauen. Und ich habe außerdem einen Deutschkurs für muslimische Mädchen geleitet.« Sie hat diesen Ehrenposten nach einem Jahr abgegeben, als sie ihr Herz für die Welt der Pflanzen entdeckte. Das erwähnt sie nicht, doch ihre Tochter weiß es. Sie sitzt auf einmal als Gegnerin am Tisch. Das ist neu für Eva und irgendwie enervierend.

»Man kann sich keinen Flüchtling zu Weihnachten wünschen. Das ist infantil.« Eva schenkt sich nach.

Normalerweise trinkt sie sehr moderat, aber jetzt ist sie – ja, was? Wütend?

Fee denkt kurz ans Studium und ein bezahlbares Zimmer und schlägt einen versöhnlichen Ton an: »Du hast recht. Es ist mir so spontan eingefallen. Ich fände es aber wirklich schön, wenn wir einen bei uns aufnehmen. Für eine gewisse Zeit. Ja nicht für immer.«

»Wir haben nur ein Bad«, sagt Tony.

»Aber ein großes.« Fee lächelt ihn an: »Wir haben hier schon zu fünft gewohnt, oder? Und das muss ja nicht heute entschieden werden. Ich hab nur gesagt, was ich mir wünsche. Wir haben in der Jugendgruppe darüber diskutiert.«

Dass Fee in einer kirchlichen Jugendgruppe mitmacht, kann Eva schwer nachvollziehen. Sie haben das Kind weder taufen lassen noch katholisch erzogen. Sie unterstellt die ganz natürliche Pubertäts-Anti-Reaktion und hütet sich vor Religionskritik. Trotzdem kann sie sich die Frage nicht verkneifen: »Und – haben die anderen in der Gruppe ihre Eltern schon überredet, Flüchtlinge aufzunehmen?«

Fee ist ironieresistent: »Keine Ahnung, das Thema kam erst beim letzten Treffen auf. Ich will ja nur, dass ihr darüber nachdenkt. Versprecht ihr mir das?«

Nachdenken hat noch keinem geschadet, und ihre Eltern nicken erleichtert. Fee erkennt es und muss jetzt noch einen draufsetzen: »Einen anderen Weihnachtswunsch habe ich nicht. Dieser ganze Konsumscheiß ist nicht mein Ding.«

»Nicht mehr«, korrigiert Eva. Zum ersten Mal erwärmt sie sich an dem Gedanken, wieder in einem kinderlosen Haushalt zu leben. Flüchtlingslos. Diskussionslos. Nur sie und Tony und die Pflanzen. Pflanzen sind so schön still. So erfüllend! Aus Fees Zimmer könnte man eine Art Indoor-Gewächshaus machen, man bräuchte allerdings viel künstliches Licht …

Tony steht vom Tisch auf: »Ich muss noch mal los, wir haben eine Sitzung wegen des Benefizbasars.« Er wirft seinen beiden Frauen eine Kusshand zu und verschwindet.

»Er hat beim Kochen nicht geholfen, und jetzt drückt er sich vor dem Abräumen«, sagt Eva, als die Wohnungstür zufällt. »Manchmal wünschte ich mir, er würde seine guten Taten auch mal der Familie angedeihen lassen.«

»Wie einen Flüchtling aufzunehmen«, sagt Fee mit einem bezaubernden Lächeln. »Vielleicht kriegen wir ja einen begabten Gärtner!«

11

Ein Garten im Winter

Keiner setzt sich auf den Stuhl, der Peters Stammplatz ist. Zumindest keiner aus dem Haus, und keiner, der ihn kennt. Anna kommt jeden Tag nach dem Krankenhaus ins *Deli* und gibt Auskunft über seinen Zustand. An manchen Tagen geht es ihm besser, dann ist Anna gut gelaunt und trinkt ein Glas Sekt, manchmal auch zwei. Doch die Ärzte wagen sich nicht an die Hüft-OP, weil sein Allgemeinzustand immer noch labil ist. Er sei in einem Risikoalter, was jede Operation betreffe. Sagen die Ärzte.

Anna sagt, dass Peter um keinen Preis Weihnachten im Krankenhaus verbringen will. »Aber wenn es nicht anders geht, werde ich sein Zimmer dekorieren, einen Baum schmücken und das Essen dorthin transportieren. Wir werden Weihnachten feiern wie immer – nur halt nicht zu Hause.«

Sie trinkt Sekt an diesem Tag, weil Peter mit der Krankenschwester flirtete. Solange er das tut, kann es ihm nicht furchtbar schlecht gehen. Er will die Operation unbedingt, doch die Ärzte wiegeln ab. Keiner ist bereit, Anna einen verbindlichen Termin zu nennen, sooft sie auch fragt. Sie verabscheut Krankenhäuser und Ärzte. Diese professionelle Gleichgültigkeit, gepaart mit einer Informationspolitik, die zum Himmel stinkt. Sie wünschte sich, Peter wäre ein richtig berühmter Maler, dann würden sie ihn anders behandeln. Vielleicht aber auch nicht. Er ist nur ein Fall und außerdem verdammt alt. Hat sie sich verhört, als sie eine der Schwestern sagen hörte, dass sich »das gar nicht mehr lohnt«? Fast wäre Anna der Frau an die Gurgel gegangen, hielt sich dann aber zurück, weil das Peters Situation sicher nicht verbessert hätte.

Marie stellt ihr einen Teller mit Kartoffel-Fisch-Suppe hin, ungefragt, was Anna erzürnen würde, wüsste sie nicht, dass die Chefin es gut meint. Sie hat keinen Appetit mehr, seit Peter im Krankenhaus ist. Auch keine Lust zu kochen. Also löffelt sie folgsam, was Marie ihr vorsetzt, und lobt die Köchin unabhängig davon, ob es ihr schmeckt. In dieser Suppe schmeckt Majoran vor, und sie ist nach Annas Geschmack zu stark gepfeffert. Trotzdem isst sie und unterhält sich dabei mit Luis von Ahlen über Hüftoperationen. Er hat Medizin studiert, bevor er sich fernöstlichen Heilungsmethoden zuwandte. Luis erzählt, dass er gerade von einem Lehrgang in Japan zurückgekommen sei und die Absicht habe, demnächst in München eine alternative Praxis zu eröffnen. Nur für Privatpatienten, weil die Kassen zu viel Ärger machten und überhaupt nichts mehr bezahlen wollten.

Anna, der Schulmedizin zurzeit spinnefeind, hört ihm mit Interesse zu. Zwar hat sie keine Neigung zum Esoterischen, doch sie ist immer offen für Neues. Ob er meint, dass sich Peters Hüfte auch mit alternativen Mitteln heilen ließe?

Marie ist mit Gästen beschäftigt und bekommt das Gespräch nur am Rande mit. Sie fühlt sich schuldig, weil sie für Peters Sturz dankbar war. In dem Augenblick, als sie auf die Straße rannte, war die Gier nach Alkohol verschwunden. Sie sah Peter auf dem Gehweg liegen, Anna war über ihn gebeugt, und Sissy telefonierte, um die Rettung zu rufen. Peter war bei Bewusstsein und klagte über Schmerzen in Bein und Hüfte, und Marie legte ihm ihre Jacke unter den Hinterkopf. Anna war völlig hysterisch und schrie Sissy an, dass der Hund schuld sei.

Der Hund einer Freundin, den Sissy ein paar Tage in Obhut hatte, ein mittelgroßes Tier von undefinierbarer Rasse. Anna meinte, dass der Hund Peter umgeworfen habe, und weshalb war das Vieh nicht an der Leine? Sissy verteidigte sich und den Hund namens Kermit und versuchte Anna zu beruhigen, bis der Rettungswagen kam. Doch Anna keifte noch, als sie zu Peter in den Wagen stieg. Marie hatte sie nie zuvor so aufgebracht gesehen und versuchte ihrerseits, Sissy zu trösten, die beteuerte, dass Peter dem Hund ausgewichen sei, stolperte und stürzte. Natürlich hätte sie den Hund an die Leine nehmen müssen, aber er ging ja folgsam neben ihr, ein gut erzogenes Tier, sonst hätte sie der Freundin den Gefallen nicht getan.

Schuldig oder nicht, Sissy stellte Anna einen großen Blumenstrauß vor die Tür, doch es gab bislang kein Verzeihen. Wenn Sissy ins *Deli* kommt, erwidert Anna ihren Gruß kaum und geht jeder Unterhaltung mit ihr aus dem Weg. Vorweihnachtliche Eiszeit, Marie versucht zu vermitteln, doch bisher vergeblich. Sissy lacht zwar, doch ist ihr anzumerken, dass sie unglücklich darüber ist.

An diesem Donnerstagabend ist es relativ ruhig im *Deli*. Kann daran liegen, dass Schnee vom Himmel fällt. Dicke, wässrige Flocken, die auf den Straßen Pfützen bilden. Das *Deli*-Gespräch dreht sich jetzt darum, ob es weiße Weihnachten geben wird. Luis, der auch als Wetterfrosch glänzen will, prognostiziert grüne Weihnachten.

Valentina forscht in ihrem Gedächtnis nach den letzten weißen Weihnachten und findet sie in ihrer Kindheit. Sie kann sich an so vieles erinnern, das lange zurückliegt. Nur die jüngste Vergangenheit entzieht sich ihr mit ärgerlichen Konsequenzen. Sie hat einen Termin beim Arzt gemacht und ist dann nicht hingegangen. Wenn es A sein sollte, gibt es sowieso keine Heilung, also will sie es besser gar nicht erst wissen. Sie war immer schon so: Unangenehmes wird beiseitegeschoben. Auf diese Weise hat sie sich mit einer gewissen Leichtigkeit durchs Leben geschummelt, der Schönheit sei Dank. Na, mit der ist es nun ja auch vorbei. Valentina kann sich nicht an den Tag erinnern, von dem an die Männer auf der Straße an ihr vorbeisahen. Muss schon länger her sein. Hat sicher wehgetan, vielleicht auch nicht, sie weiß es nicht mehr.

Als sie bei Marie ein zweites Glas »von dem guten Roten« bestellt, Namen sind Schall und Rauch, fällt ihr auf, dass diese eine Sonnenbrille trägt. Was schon komisch ist bei dem Wetter. Hat das keiner außer ihr bemerkt und nachgefragt? Als sie es tut, nimmt Marie die Brille ab und entblößt ein Veilchen, ganz kurz nur, bevor sie die Brille wieder aufsetzt.

»Um Gottes willen! Was ist passiert?«

»Ein Unfall beim Boxtraining«, sagt Marie leise. »Halb so schlimm. Bis Weihnachten ist es wieder gut.«

»Das ist fein.« Valentina wartet auf ihren Wein und nimmt Luis von Ahlen ins Visier. Er unterhält sich jetzt mit Sissy, die beiden scheinen sich ziemlich gut zu verstehen, ob das an dem Adelsscheiß liegt? Können die einander besser riechen als den bürgerlichen Rest? Auf Valentinas langer Liste von kurzfristigen Liebhabern steht neben einem Grafen sogar ein Prinz. Der war ziemlich verblödet, aber im Bett eine Kanone. Zum Abschied schenkte er ihr einen Siegelring, der aussah wie aus dem Kaugummiautomaten.

Sie wendet sich an Sissy, als Luis vor die Tür geht, um zu rauchen, und erzählt ihr von dem Prinzen. Im Detail, doch Sissy ist einerseits nicht prüde und andererseits eine schlechte Zuhörerin. Sie überlegt, was sie Luis zu Weihnachten schenken soll. Nichts Belangloses, um Himmels willen keine Krawatte, aber auch kein zu intimes Geschenk. Ein Sissy-Foto im Silberrahmen geht gar nicht. Sie fand es immer schon schwer, Männer zu beschenken, angefangen von ihrem Vater bis hin zu den paar Liebhabern, die es bis über Weihnachten schafften. Eau de Toilette für diejenigen, die sie schlecht riechen konnte. Die Krawatte als Wink mit dem Zaunpfahl, sich besser zu kleiden. Opernkarten mit der Botschaft *Ein wenig mehr Kultur könnte nicht schaden*. Geschenke mit Hinweisschildern. Nicht immer wurden sie verstanden.

Eine Weihnacht lang (nachdem sie *Stadt der Engel* dreimal im Kino gesehen und immer geweint hatte), sammelte und verschenkte Sissy Engel in verschiedenen Variationen – Schokolade, Gips, Wachs, Glas, Bronze, Silber ... mit passenden Sprüchen auf den beiliegenden Karten. Das empfanden einige als esoterischen Schnickschnack, und ihre Mutter verbannte ihre Gipsfigur auf die Gästetoilette. Sie zitierte Rilke: *Ein jeder Engel ist schrecklich*.

Sissy hingegen kennt den ganzen Absatz der Ersten Elegie auswendig: *Wer, wenn ich schriee, hörte mich denn aus der Engel Ordnungen? und gesetzt selbst, es nähme einer mich plötzlich ans Herz: ich verginge von seinem stärkeren Dasein. Denn das Schöne ist nichts als des Schrecklichen Anfang, den wir noch grade ertragen, und wir bewundern es so, weil es gelassen verschmäht, uns zu zerstören. Ein jeder Engel ist schrecklich …*

Engel sind schrecklich herrlich, und Sissy wartet noch. Vielleicht auch darauf, sich mit dem Drachen zu versöhnen. Den erstarrten Katholizismus ihres Clans fand Sissy schon immer furchtbar. Den Mangel an Phantasie. Die kategorische Ablehnung all dessen, was aus dem gesellschaftlichen Rahmen fällt. Vielleicht war sie deshalb schon immer so leicht zu verführen von allem, was Magie verhieß: Künstler, Artisten, Zauberer …

Während Valentina immer noch von alten Zeiten redet, beobachtet Sissy ihren derzeitigen Magier, den sie nicht so recht einordnen kann. Wie tickt er wirklich, und womit könnte sie ihm eine Freude machen? Ein silberner Trüffelhobel kommt ihr in den Sinn, doch sie verwirft den Gedanken. Zu viel darf es nicht kosten, ihr Konto ist fast leer, und sie muss auch noch Geschenke für ihre Mutter kaufen, für Marie, zwei Freundinnen. Der Zeitungsbote will bedacht werden, der Briefträger, die Putzfrau.

Weihnachten ist ein teurer Spaß, und man sollte die blöde Schenkerei abschaffen. Dafür ist es in diesem Jahr schon wieder zu spät. Sissy beschließt also, zu den Engeln zurückzukehren und sich von den letzten Stücken ihrer Sammlung zu trennen. Ihr Lieblingsstück wird sie Luis geben: den Engel aus Elfenbein. Er sieht weniger gütig als unnahbar aus, insofern passt er zu Luis von Ahlen. Sie fängt schon wieder an, Nähe zu suchen, wo Distanz vorgegeben ist. Hey, ich bin romantisch und verletzlich und verdammt einsam. Auf der Suche nach dem Schönen, und wenn es des Schrecklichen Anfang wäre ...

»Und dann hab ich den Ring zum Juwelier gebracht – und er war tatsächlich aus dem Automaten, stell dir das vor!«

Valentinas letzter Satz kommt bei Sissy an, und sie schaut teilnahmsvoll. Auch Anna hat ihn gehört, ihre Blicke kreuzen sich, und Sissy sieht als Erste zu Boden. Nachtragende alte Kuh, es ist ungerecht, ihr die Schuld an Peters Sturz zu geben. Sissy denkt an den scheußlichsten Engel aus ihrer Sammlung und nimmt sich vor, ihn Anna zu schenken. Plus Rilke. Sie will bei Marie noch einen Espresso bestellen, als die Gärtnerin aus dem vierten Stock die *Internationale* auslöst.

»Kann ich helfen?«

Marie Singer trägt eine schwarze Schürze, auf die weiße Schneemänner gedruckt sind. Eva Kleist findet das ebenso albern wie die Sonnenbrille. Augenlifting? Ach was, es interessiert sie nicht: »Ich brauche noch zwei Flaschen Wein für heute Abend. Weißwein. Einen leichten, wenn Sie haben. Und nicht zu teuer!«

Marie zeigt auf eine Flasche, die auf dem Tisch steht: »Ich hab hier einen Chardonnay & Weißburgunder von Knipser. Aus der Pfalz, 2013 – möchten Sie ein Glas probieren?«

»Warum nicht?« Eva lässt sich einschenken und nippt an dem Glas, als wäre sie eine Weinkennerin. Ist sie nicht, doch der Wein sagt ihr zu. »Was kostet der?«

»Vierzehn Euro.«

»Das ist ganz schön teuer. Trotzdem: Packen Sie mir zwei Flaschen ein.« Eva legt das Geld auf den Tisch. Schnuppert: »Es riecht gut. So weihnachtlich.«

»Ich backe gerade Vanillekipferln und Apfel-Zimt-Kekse.«

»Klingt gut. Und wie geht es dem armen Herrn Hammer?«

Marie gibt ihr das Wechselgeld. »Er ist noch im Krankenhaus und wartet auf seine Operation.«

»Der Ärmste.« Eva findet, dass sie ihr Soll an nachbarschaftlicher Empathie erfüllt hat. Sie nimmt ihre Weintüte und wendet sich zum Gehen. An der Tür bleibt sie kurz stehen. »Ach ja, wir werden Weihnachten ein kleines Gewächshaus anschaffen. Für den Garten. Natürlich werde ich Herrn Fehrendonk darüber informieren. Ich nehme an, Sie haben nichts dagegen?«

Kurzes Schweigen. Dann sagt Valentina Blum: »Ich schon. Das sieht doch scheiße aus, so ein Glashaus.«

Sissy von Kuehnen: »Ich finde auch, der Garten sollte bleiben, wie er ist.«

Johnny Januschek hebt seine Hand, als wäre dies eine Urabstimmung. Marie sagt: »Dazu sollte es eine Hausversammlung geben – nach Weihnachten.«

Eva Kleist steht an der Tür und sagt nichts. Blödes konservatives Pack, denkt sie. Im Grunde ist es ihr egal, was die anderen denken, weil sie unrecht haben. Vermutlich wäre ein kleiner Vortrag über Urban Gardening angebracht, andererseits muss sie nach oben, um zu kochen. Also sagt sie nur: »Wir werden ja sehen.« Dreht sich um und geht.

Als sie weg ist, hebt Sissy ihr Glas. »Auf unsere Nachbarin, die glaubt, der Garten gehört ihr ganz allein. Sie hat uns soeben den Krieg erklärt.«

»Jetzt übertreib mal nicht.« Marie sammelt leere Gläser ein. Das Veilchen tut nicht mehr weh, sieht aber noch blöd aus. Ein Weihnachtsveilchen. Weil sie beim letzten Training ihrer Sparringspartnerin quasi in die Boxfaust fiel, nachdem sie gestolpert war. Selber schuld, und der Trainer sparte nicht mit bissigen Kommentaren. Jetzt ist Weihnachtspause, doch sie hätte sowieso keine Zeit mehr, zum Training zu fahren. Es wird ihr fehlen in den nächsten drei Wochen. Diese Augenblicke im Ring, in denen sie sich nur auf ihre Kraft und Technik konzentriert, an nichts anderes denkt. Solange du stehen kannst, wirst du kämpfen. Ihr Motto der letzten Jahre. Marie weiß, dass sie eine schreckliche Gegnerin ist. Für sich selbst.

12

Sex mit Santa

Penny findet Weihnachtsmänner extrem sexy. Weshalb Anton, Pennys Lebensgefährte, sich zu jeder Jahreszeit als Santa Claus verkleiden muss. Weißer Bart und Mütze sowie Mantel in traditionellem Rot, mit dem Gürtel, der die Wampe betont. Schwarze Stiefel. Anton hat nicht genügend Bauch für die Rolle, weshalb er sich ein Kissen reinsteckt. Darunter darf er nichts tragen. Außer Sack und Rute, sagt Penny und kichert.

Sie ist ein bisschen verrückt, das weiß sie. Anton ahnt es, doch er findet Penny seinerseits sehr sexy. So, wie sie ist: klein und dünn, mit einem Haarschnitt, der sie wie ein mittelalterlicher Page aussehen lässt.

Penny ist Schadenssachbearbeiterin bei einer Versicherung, und sie macht ihren Job gerne, weil sie den definitiven Hang zu Katastrophen hat. Auch wenn sie geringfügig sind – zum Beispiel ein Wasserschaden im Bad –, liest sie die Berichte wie Kriminalfälle, die es zu lösen gilt. Alles, was aus dem Rahmen fällt, erregt ihr Interesse. Sonnenfinsternis anstelle von Sonnenschein. Orkan statt Windstille. Politiker, die zugeben, keine Lösung zu haben. Leute, die sich auch außerhalb des Faschings verkleiden. Schon als junges Mädchen mochte sie Rollenspiele mit Feen und Hexen und wunderbaren Prinzen. Jetzt ist es eben der Weihnachtsmann.

Die Entdeckung dieser besonderen Vorliebe war zufällig und geschah kurz nachdem sie sich kennenlernten. Anton hatte seinem Bruder versprochen, sich für seine beiden Nichten als Weihnachtsmann zu verkleiden. Nachdem er seinen Dienst getan hatte, holte Penny ihn ab – und verliebte sich unsterblich in den dicken Roten mit dem weißen Bart. Der beste Sex, den es je gab. Ach, Santa Anton. Sie konnte nicht genug von ihm kriegen in jener Nacht, und am nächsten Morgen, erschöpft wie er war, stimmte er ihrem Vorschlag zu, gemeinsam eine Wohnung zu suchen.

Seit fünf Jahren wohnen Penny und Anton mit Mops Brandy in der Sternstraße 24 im dritten Stock rechts. Sie teilen sich Miete und Haushaltskosten sowie ein Auto, das sie nur für Ausflüge und Urlaube benutzen. Wer mitten in Schwabing wohnt, wählt Bus, Tram oder U-Bahn oder radelt. Anton, der viel sportlicher als Penny ist, fährt selbst im Winter mit dem Fahrrad. Nur wenn die Straßen voller Schnee sind, nimmt er die U-Bahn in die City, in die Anwaltskanzlei, in der er Juniorpartner ist.

Dass sie sich in einen Anwalt verliebt hat, findet Penny einerseits bedenklich, andererseits ist Anton so reizend bemüht, ihre exotischen Wünsche zu erfüllen. Er hat sich schon als alles Mögliche verkleidet – von Robin Hood über den Piraten bis zum König mit Krone und Zepter. Aber nichts turnt Penny so an wie der Weihnachtsmann. Sie kann es ihm nicht erklären. Oder will sie nicht? Anton löchert Penny mit Fragen über ihre Kindheit und Jugend. Gab es einen Vorfall mit einem Weihnachtsmann? Sie kann sich nicht erinnern, dass irgendetwas an Weihnachten außergewöhnlich war. Alles war immer ganz wunderbar. Sagt Penny. Und fordert ihn selbst bei dreißig Grad auf, sich das

Santa-Claus-Kostüm anzuziehen. Sack und Rute in die Hand zu nehmen. Und dann gibt es wieder diesen wahnsinnigen Sex – fast so gut wie beim allerersten Mal. Anton dankt sich dafür, dass er ins Fitnessstudio geht und einen durchtrainierten Körper hat.

Penny öffnet ein Fenster ihres altmodischen Adventskalenders und freut sich über das Bild eines Schneemanns. Die Kalender gehörten zum Geheimnis der kindlichen Weihnacht. Jeden Tag ein Türchen bis zum 24. Dezember. Wie aufregend die Wartezeit war, und wie sie sich auf den letzten Tag freute! Sie versucht doch nichts anderes, als den Zauber der Weihnacht zu bewahren. Wenn Anton an Heiligabend seine Weihnachtsmannuniform anlegt, wenn sie vor dem geschmückten Baum anstoßen, die Geschenke auspacken, Punsch trinken und belegte Brötchen essen – dann baut sich bei Penny eine sexuelle Spannung auf wie an keinem anderen Tag des Jahres. Zu *Kling, Glöckchen, klingelingeling* fängt sie an, ihren Weihnachtsmann auszuziehen. Bei *O du fröhliche* strippt sie vor ihm. Zu den Klängen von *Es ist ein Ros entsprungen* sinken sie auf die Decke. »A, a, a – das Kindlein lieget da.« Und dann: Whamm, der beste Sex des Jahres. Auf einer Felldecke unter dem Weihnachtsbaum. Im Kerzenschein. Punschbeschwipst. Und der rotbackige Engel auf dem Kaminsims flüstert »Frieden, Frieden«.

Ist es verwunderlich, dass sie dieses Fest so oft wie möglich wiederholen möchte? Einmal die Woche zumindest. Natürlich besteht Penny nicht jedes Mal auf geschmücktem Baum und Geschenken. Aber der Punsch muss sein, der Friedensengel und die Weihnachtslieder. Die Kerzen. Die Uniform. Wenn Anton im Hochsommer darin schwitzt, findet Penny auch das noch sexy. Nichts in Bezug auf den Weihnachtsmann kann ihre Lust trüben.

Ach, Penny. Anton hat nach fünf Jahren und gefühlten hunderttausend Mal Weihnachtssex eine rasant wachsende Abneigung gegen Punsch und flüsternde Engel, brennende Kerzen und jubilierende Weihnachtslieder entwickelt. Gegen Stiefel, Bart, Bauchkissen und Purpurmantel. In der angeblich staden Zeit läuft Penny zur Hochform auf und schmückt die Wohnung wie Disneywonderland im Dezember. Mistelzweige und Engel und nach Tannennadeln riechende Kerzen. Lichtergirlanden an den Fenstern. Weihnachtsmänner in allen Formen und Größen. Einer hängt draußen am Balkon. Anton fühlt sich geradezu umzingelt von den Gespenstern der Weihnacht. Furchtbar unter Druck gesetzt. Schon beim Gedanken an den weißen Rauschebart muss er transpirieren. Ob er unter Santaclausophobie leidet? Wäre ja wirklich kein Wunder!

Penny backt am Wochenende Kekse, die herrlich duften. Den Weihnachtsbaum hat sie schon ausgesucht, sie wird ihn drei Tage vor Heiligabend abholen. Aber bis dahin will sie mit ihrem Weihnachtsmann noch ein paarmal Sex haben. Ach, Anton. In den letzten Wochen erscheint er ihr ein bisschen müde, nicht recht bei der Sache. Irgendwie wirkt sein Beitrag zunehmend mechanisch, bisweilen sogar lustlos. Wie eine Leibesübung im Fitnesscenter. Seit zehn Tagen schon haben sie keinen Sex mehr gehabt. Ob es der Sache dienlich wäre, wenn sie sich als Engel verkleidet?

Pennys Mutter, eine erfolglose Schauspielerin, liebte Verkleidungen, insbesondere Engelskostüme. Um die Weihnachtszeit, als Penny klein war, spielte Onkel

Rolf, der Bruder ihres Vaters, immer den Weihnachtsmann, der Geschenke brachte. Nicht viele, denn sie hatten wenig Geld. Doch die Weihnachtsaufführung für die Kinder war immer ganz prächtig. Der Engel und Santa Claus, Mutter und Onkel, die hatten sich sehr lieb. War ja auch Weihnachten, das Fest der Liebe. Und pssst, man darf nichts verraten. Alles ist ein großes Geheimnis. Nicht nur zur Weihnachtszeit …

13

Just for today

Sucht und Abhängigkeit haben neurologische Codes. Das unterscheidet Marie von den gewöhnlichen Trinkern und verbindet sie mit Exalkis in ihren AA-Gruppen. Der gemeinsame Kampf macht stärker. Einsam ist die Entscheidung, für immer nüchtern zu bleiben.

Nachdem sie ihre Kinder an den Vater verloren, nachdem sie das letzte Glas gekippt hatte, ging Marie zu den Anonymen Alkoholikern. Sie verstand in jenem raren Moment, dass es der letzte verbliebene Weg war, sich selbst zu retten. Es hatte in den Jahren zuvor wenige Augenblicke der Klarheit gegeben. Entweder war sie betrunken oder verkatert. Oder damit beschäftigt, ihre Alkoholsucht vor anderen zu verbergen.

Marie kam bei ihrem Bruder in Berlin unter, der ihr drohte, sie rauszuwerfen, wenn sie auch nur ein Glas trinken würde. Sie besuchte die AA-Gruppentreffen. Anfangs jeden Tag. Das Erste, das sie dort lernte, war: Du bist nicht allein. Das Zweite: Du musst nur diesen einen Tag ohne Alkohol überstehen. *Just for today.* Der AA-Slogan. Die zwölf Schritte in das nüchterne Leben. Einer nach dem anderen, und jetzt geht es darum, diesen Tag nüchtern zu bewältigen.

Die Beichten. *Ich heiße Marie Singer und bin Alkoholikerin.* Die anderen Namen, die ähnlichen Geschichten. Die Auseinandersetzung mit dem geschundenen Stolz: Was habe ich mit diesen Säufern gemein? Sehr viel, diese Erkenntnis killt den Stolz – und auch jede Anwandlung von Ironie gegenüber den AA-Ritualen. Wie das Aufstehen am Ende jedes Treffens: Im Kreis stehen wir Hände haltend da und bitten Gott um den Beistand, Dinge zu akzeptieren, die wir nicht ändern können. Sie kann die letzten Jahre ihres Lebens nicht mehr ändern. Nur diesen Tag und den nächsten.

In Berlin begann Marie mit Joggen und Boxunterricht. Jeder in ihrer Gruppe machte irgendetwas Neues. Viele begannen zu laufen. Eine Sechzigjährige ging wieder zur Uni. Der Toningenieur begann mit Fallschirmspringen. Die Bankerin machte eine Ausbildung zur Pilateslehrerin. Eine Frau trennte sich von ihrem alkoholkranken Mann.

Drei von zehn Leuten wurden während der ersten drei Monate rückfällig und blieben weg. Sie waren nur noch sieben. Dann starb Elfie an Leberversagen. Sechs Anonyme Alkoholiker. Zu zweien hat Marie noch Kontakt, sie skypen ab und zu und versprechen einander, sich zu besuchen. Helga und Bernd. Klar, dass ihr die beiden näherstehen als alle anderen Freunde. Helga hat einen Pornoladen für Frauen, und Bernd ist Schauspieler. Ziemlich arbeitslos, er jobbt nebenbei als Begleiter für einsame Frauen. Marie und Helga und Bernd sind nüchterne Alkoholiker.

In München hat sich Marie eine andere AA-Gruppe gesucht. Sie geht einmal pro Woche zu den Treffen. Glaubt inzwischen daran, dass Gruppen Glauben generieren können. Und dass die AA einander helfen, weil es nie so ist, dass alle auf einmal einbrechen und in Gefahr sind. An dem Tag, als Peters Sturz sie vielleicht rettete, ging Marie zu einem Treffen. Ganz ehrlich? Sie weiß nicht, ob sie dieses erste Glas getrunken hätte. Doch sie weiß, dass es bei einem nicht geblieben wäre.

Manchmal redet sie mit Bernhard darüber. Die anderen mögen ahnen, dass es einen Grund gibt, warum sie nie mit ihren Gästen anstößt. Aber sie fragen nicht. Bernhard hat es eines Tages ausgesprochen, als er schon reichlich getankt hatte, in jenem Stadium der Trunkenheit, in dem er glaubte, mit messerscharfer Klarheit zu denken und zu sprechen. Marie hat es nicht abgestritten und ihm von ihren AA-Erfahrungen erzählt. Natürlich hat sie ihm geraten, hinzugehen.

Doch Bernhard ist noch nicht am Boden seiner Tatsachen angekommen. Er hält sich für einen glücklichen Trinker, der nur selten die Kontrolle verliert. Wo blieben all seine Freunde, wenn er aufhörte? »Du findest andere«, sagte sie, doch er schüttelte nur den Kopf.

Marie hat ihn gern, den Nachbarn aus dem vierten Stock, und für ihn ist sie so etwas wie das Gespenst der nächsten Weihnacht. Wie könnte er sich vorstellen, einen Abend, eine Nacht ohne Alkohol zu überstehen? Aus den vielen Gründen, einen zu heben, hat Bernhard sich das Vergessen ausgesucht. Nicht mehr daran denken, dass seine Ehe gescheitert ist. Die berufliche Karriere. Seine Pläne für ein erfolgreiches Leben. Sollte seine Mutter sterben, Gott bewahre, müsste er aus der Wohnung raus, die sie von ihrer Rente finanziert. Aber es könnte noch eine Weile gut gehen, Henriette ist ein zähes, altes Weib. Wenn sie ihn nicht gerade mit Vorwürfen überschüttet, hat er sie eigentlich ganz lieb.

Aber nicht so lieb wie die Flasche. Man muss doch Prioritäten setzen. Ganz freiwillig trollt er sich nach einer warme Suppe im Bauch und sechs Gläsern Wein. Leicht im Kopf, wenn auch etwas schwer in den Beinen. Er hat noch zehn Euro in der Tasche, damit wird er in sein Stammbeisl gehen, in dem Schwabings beste Trinker verkehren. Dort kann er zur Not anschreiben lassen, so wie bei Marie. Mit dem Schreiben verdient Bernhard keine Kohle mehr, seit das letzte Magazin, das ihn ab und zu anheuerte, vergeblich auf eine Story wartete. Die Geschichte blieb ungeschrieben. War sowieso ein blödes Thema, irgendwas mit Bayern München, hat ihn überhaupt nicht interessiert. Das bisschen Geld, das Bernhard noch verdient, kommt von seinen gelegentlichen Deals. Er beliefert Exkollegen, dafür zahlt ihm sein Lieferant um die siebenhundert Euro Provision monatlich. Peanuts natürlich, aber immerhin kann er damit seine Schulden abstottern. Während Bernhard den kurzen Weg vom *Deli* zu seiner Kneipe schlurft, hält er kurz beim Flötenspieler an, der in einer geschützten Ecke der Witterung trotzt. Ein Kumpel, der Pech hatte und keine Mutter, bei der er unterkriechen konnte.

Sie wechseln wie üblich ein paar Sätze, die sich um Wetter, Musik oder Politik drehen, und Bernhard verspricht, auf dem Rückweg eine Pulle Roten vorbeizubringen. Er lässt offen, wann das sein könnte, und der Flötenspieler macht sich keine großen Hoffnungen. Wenn zehn Euro in seiner Schale beisammen sind, wird er seine Zelte abbrechen und in die Kneipe gehen. Der Winter auf der Straße ist hart, andererseits geben die Leute mehr, wenn sie Mitleid mit den armen, frierenden Schweinen haben. Je schlechter das Wetter und je näher Weihnachten, desto spendabler werden sie. Der 24. Dezember ist dann der Spitzentag, da hat er im letzten Jahr fast hundert Euro eingenommen, die ihn bequem über die Feiertage brachten.

Scheißkalt ist es auch trotz warmer Gedanken. Der Flötenspieler trägt zwei Garnituren Skiunterwäsche unter seinen Jeans, zwei Pullover und eine dicke Daunenjacke, seine Hände frieren beim Spielen. Zumindest hebt ihn die Musik von den anderen ab, die Rumänen mit ihren organisierten Strukturen sind eine gemeine Konkurrenz. Fröhliches Spiel und dankbares Lächeln sind sein Markenzeichen, und ja, es ist schwer, so ganz unten mit dem Rest der Truppe solidarisch zu bleiben und kein Scheißrassist zu werden. Mit gewissem Stolz darf er von sich behaupten, dass er als einziger Obdachloser in diesem Teil Schwabings das Essen »geliefert« bekommt. Marie vom *Deli* bringt es vorbei, wenn sie Zeit hat, sonst holt er es und trägt das benutzte Geschirr zurück, wenn er auf dem Heimweg in sein Hotel ist. Er nennt es so, natürlich ist es keins, sondern ein temporäres Zuhause für Menschen ohne Kohle für überteuerten Wohnraum.

Im *Deli* ist es ruhig an diesem Nachmittag. Marie hat Luis von Ahlen mit seinen Zeitungen, Kaffee und Kuchen allein gelassen und steht in der Küche. Die Sonnenbrille hat sie abgelegt. Sie mischt Teig für Kokosmakronen und hört Hubert von Goisern. *Heast as net, wia die Zeit vergeht* ist eines ihrer Lieblingslieder, sie kann es jeden Tag hören. Den Text summt sie mit, und sie erschrickt heftig, als ihr jemand von hinten auf die Schulter tippt. Fährt herum und berührt mit teigverschmierten Händen ein fremdes Gesicht. Ein vertrautes. Fehrendonk.

»Ich hab gerufen«, sagt er vorwurfsvoll und wischt sich Kokosmasse von der Wange. Immerhin steckt er die Finger in den Mund.

»Tut mir leid«, sagt Marie. »Die Musik …«

»Eine schöne Schnulze.«

Und wie meint er das nun? Marie wischt sich die Hände an der Schürze ab und mustert sein unrasiertes Gesicht und seine geröteten Augen. Seine Mundwinkel schaffen nicht die leiseste Aufwärtsbewegung.

»Was starren Sie mich so an?«

Er wüsste zu gern, woher sie ihr blaues Auge hat, wagt aber nicht zu fragen.

»Tue ich doch gar nicht. Einen Espresso hätt ich gern. Aber hier im Laden sitzt jemand.«

»Kriegen Sie da Platzangst?«

Sie schnappt mit Worten, das ist nicht ihre Art. Zumindest lässt er ihren Satz ohne Kommentar passieren. Marie bedient die Espressomaschine, die kracht und zischt, als würde sie gleich explodieren.

»Ist das ein Vorkriegsmodell?«

Touché. »Keine Ahnung, ich hab sie gebraucht gekauft.«

Sie macht sich auch einen Espresso und nascht vom Teig. Marie liebt Kokos in allen Variationen. Ihre Makronen werden auf der Zunge zergehen, sie weiß es.

»Ich bin gekommen, weil ich … nicht weiß, ob ich Weihnachten hier sein werde. Ich bin unentschlossen, aber falls ich wegfahre, sparen Sie sich den Baum und die Gans. Und den Vorschuss können Sie natürlich behalten.«

Sie ist enttäuscht. Nicht, weil er wegfahren könnte, es geht ums Geld. »Und wann wissen Sie es?«

Achselzucken. »Sie werden's rechtzeitig erfahren. Ich bin der spontane Typ.«

»Am Gänsebraten ist nichts spontan. Drei Tage vorher Bescheid geben. Bitte.«

Er denkt, dass sie nett ist und eine gute Köchin. Und dass sie nichts dafür kann. »Gut. Mach ich. Krieg ich die Kokosmakronen trotzdem?«

»Na klar, ich bring sie Ihnen spätestens morgen hoch.«

Er dankt ihr und fragt jetzt doch, was mit ihrem Auge passiert sei.

»Zusammenstoß«, sagt Marie und fügt hinzu: »Beim Boxen.«

»Aha.« Fehrendonk sieht sie an, als ob sie nicht ganz dicht ist, und geht dann durch den Laden zur Tür. Ignoriert den Zeitungsleser. Zuckt zusammen wie immer, als diese blöde Melodie ertönt. Dann steht er auf der Straße, die zugeparkt ist. Beschließt, ein paar Schritte zu gehen in Richtung Englischer Garten. Das Wetter ist so scheußlich, dass er nur wenige Spaziergänger treffen wird. Und er macht einen großen

Bogen um den Christkindlmarkt. Dort wollte er mit Lisa hingehen und Glühwein trinken. All die dummen Pläne, die er sich ausgedacht hatte für ein magisches Weihnachten mit ihr. Ohne sie fallen ihm nur noch Kokosmakronen ein. Mit denen er Lisa bewerfen würde, wenn sie da wäre. Professorenworte: Zorn ist ein gesundes Zeichen von Trauer. Er dürfe ihn nur nicht gegen sich selbst richten.

Doch genau das tut er. Albian hadert mit dem Mann, der durch den Schneematsch im Englischen Garten stapft, die Hände in den Taschen vergraben, das Gesicht nach unten gerichtet. Er schimpft sich einen liebeskranken Trottel, der alles falsch macht. Kein Wunder, dass Lisa sich bedrängt fühlte. Zu viele Anrufe, zu viele SMS, zu viele Mails. Zu viel Liebe für eine Lisa.

Sie schrieb ihm, dass ihre Gefühle nicht ausreichten, und dass es besser sei, die Affäre jetzt zu beenden und nicht erst nach Weihnachten. Besser für beide – wie kann sie sich anmaßen, das für ihn entscheiden zu wollen! »Take care, Albian, you are such a nice guy.«

Das war's. Letzte Worte. Er hat die Mail sofort gelöscht, als ob er sie damit aus der Welt schaffen könnte. Dann trank er eine halbe Flasche Whisky und fiel angezogen ins Bett. Am nächsten Tag ging er zu seinem Arzt und ließ sich Tabletten verschreiben. Painkiller. Psychopharmaka, die dein Hirn mit rosa Wattebällen umschließen. Er hat sie inzwischen wieder abgesetzt. Lieber Schmerzschmerz als Watteschmerz.

Tatsächlich hat er keine Ahnung, was er als Nächstes tun soll. Lisa umbringen? Sich selbst? Wegfahren?

Wegfliegen? Die ersten Weihnachten seit vielen Jahren in München verbringen? Jede Entscheidung erscheint falsch. Spontaneität. Darauf warten, dass er eine Idee hat, irgendeine. Inzwischen isst er Maries Weihnachtsgebäck. Vanillekipferln und Kokoskugeln und Marzipansterne. Liegt auf der Couch und schaut sich Filme und Serien an. Das Thema Liebe kann er nicht immer wegzappen. Bei traurigen Szenen muss er weinen. Alkohol ist im Spiel. Verletzte Eitelkeit, erdolchter Stolz. Wenn er mit Lisa redet in seinen vielen Monologen, verspricht er ihr, sie nie mehr zu langweilen. Sie antwortet nicht.

14

Ein Happening

Anna sucht in Peters Schreibtisch im Atelier nach der Adresse ihrer Freunde, die nach Rom gezogen sind. Anfangs haben sie Ansichtskarten mit lustigen Sprüchen geschickt, die blieben irgendwann aus. Man schrieb sich zu Weihnachten und an Geburtstagen, und Anna speicherte die Adresse in ihrem Handy. Das dumme Ding ist ihr beim Aussteigen aus dem Wagen aus der Tasche gefallen, und jetzt ist es kaputt. Weshalb sie nun im Schreibtisch nach Adressen von Freunden, Galeristen und Käufern sucht. Für die Weihnachtskarten, die sie alljährlich verschicken, jede einzelne von Peter gezeichnet und beschriftet. Damit beschäftigt er sich zurzeit in seinem Krankenbett, immerhin vertreibt es die Zeit des Wartens. Er wird jeden Tag grantiger, der Arme, weil ihm das Leben im Krankenhaus so auf die Nerven geht.

Er vermisst ihre Nähe, ihre Berührungen, ihre Rituale. Ein Tag ohne Anna sei wie eine leere Leinwand, sagt er, und sie ist ihm so dankbar für seine Liebe, in der sie sich schon so lange eingehüllt fühlt. Sie wäscht und kämmt und rasiert ihn und versteht sich als Geliebte, Mutter und Krankenschwester in einem. Sie bringt ihm seine Lieblingsgerichte ans Bett und liest ihm aus der Zeitung vor. Alles, ja, alles tut sie, um ihn lächeln zu sehen.

Anna findet die handgeschriebene Liste im hinteren Bereich der Schublade, in die er so ziemlich alles hineinwirft, womit er nichts mehr zu tun haben will. Bürokratie war ihm immer schon ein Gräuel, weshalb Anna alles an sich zog, was mit Geld zu tun hat. Unter der Adressenliste ist ein kleines Kästchen aus Elfenbein, das sie nie zuvor gesehen hat. Es ist sehr hübsch, deshalb nimmt sie es in die Hand. Es ist ziemlich schwer.

Überschreitet sie jetzt eine Grenze? Vielleicht verbirgt sich darin ein Weihnachtsgeschenk? Anna lüftet den Deckel, zögert kurz und gibt dann ihrer Neugierde nach.

Kein Geschenk für Anna. Briefe liegen darin und ein paar Fotos, die sie zuerst in die Hand nimmt. Die Fotos zeigen eine nackte oder halb nackte Valentina in verschiedenen verführerischen Posen. Als sie nicht mehr jung, aber auch noch nicht alt war. In diesem Zwischenstadium, in dem Frauen noch einmal aufzublühen scheinen.

Eine schöne Frau mit einem perfekten Körper. Rote, wallende Haare. Weiße Haut, so weiß. Anna schaut sich die Fotos genau an, eins nach dem anderen. Gedankenfrei. Dann erst greift sie zu den Briefen. Es sind viele, von Hand geschrieben und datiert. Briefe von Valentina an Peter.

Liebesbriefe rieseln durch Annas Finger und schweben zu Boden. Sehr feines Papier, die Handschrift ist schlampig, aber lesbar. Valentina schrieb ihre Briefe mit violetter Tinte. Einer ist vom Januar 1990, er liest sich wie die erste Botschaft nach dem ersten Sex, absolut halleluja und dreckig. Anna, deren Gedächtnis sehr gut funktioniert, erinnert sich, dass sie im Januar 1990 allein nach Italien fuhr, weil ihr Vater im Sterben lag. Peter konnte, wollte nicht weg, da er an einem Bilderzyklus arbeitete.

Gelegenheit macht Diebe. Diese dumme Phrase, die ihr jetzt in den Sinn kommt. Er hat mir etwas gestohlen, denkt Anna. Etwas so Gewaltiges, dass ich kein Wort dafür finde. Niemals.

Valentinas Briefe sind überwiegend kurz und keine literarische Offenbarung. Sie macht Rechtschreib- und Grammatikfehler. Doch sie schreibt leidenschaftlich und pornografisch. Beschreibt den Sex mit Peter und ihre Gefühle dabei und danach. Wahnsinnig ehrliche Ergüsse, die Anna zum Ertrinken bringen.

Peter hat alle Briefe aufgehoben, sogar nach Datum sortiert, was für seine Verhältnisse eine Leistung ist. Denkt Anna, die sich noch im schmerzfreien Schockzustand befindet. Sie liest jede Zeile, laut, als ob sie eine Vorleserin wäre. Anna hört sich zu und merkt, dass ihre Stimme manchmal bricht. Kann sein, dass Tränen fließen. Ihr Zunge schmeckt Salz.

Der letzte Brief ist vom September 2013. Darin schreibt Valentina, dass der Sex gewöhnlich geworden sei. Wie in einer alten Ehe. Ausrufezeichen. *Wir hatten eine wunderbare, lange Zeit miteinander, liebster Peter. Man soll immer aufhören, wenn es am schönsten ist. In Liebe, Valentina*

»Du verdammte Hure«, sagt Anna laut, während der letzte von Valentinas Briefen zu Boden segelt. Draußen ist es dunkel geworden, und das Atelier mit seinen bodentiefen Fenstern ist in graues Licht getaucht. Anna sitzt vor dem Schreibtisch und starrt den Boden an. Tritt auf die Briefe, zermalmt einen mit ihrem Schuh.

Dann steht sie auf und spürt einen Schmerz im Rücken. Sie macht Licht und geht zum Wandschrank, öffnet ihn und holt eine Flasche Grappa heraus. Nimmt ein Wasserglas und füllt es bis zum Rand. Sie mag Schnaps überhaupt nicht, doch das Brennen in ihrer Kehle erscheint jetzt angenehm. Irgendwas muss sie tun. Denn der Schock lässt nach, gefolgt von einer Kaskade von Gefühlen: Wut. Mehr Wut. Heiliger Zorn. Das schwarze Loch. Sie stürzt von der Erde in Richtung Weltall ...

Anna hebt die Briefe und Fotos auf und zerfetzt sie nacheinander, bis nur noch Papierschnipsel vor ihr liegen. Bastardo! Als es vorbei war nach dreiundzwanzig Jahren, hat ihr Mann Valentina in seiner roten Phase verewigt, ein Bilderzyklus, an dem er besonders hängt. Und *idiota* Anna hat ihn darin auch noch bestätigt!

Sie sieht sich im Atelier um und entdeckt vier seiner roten Gemälde gestapelt hinter der Staffelei. Valentina, die Bäume in verschiedenen Stellungen umarmt. Erotisch und in blutigen Farben – die Bilder steigern Annas Wut nur noch, sie sucht nach einem Messer, und als sie es gefunden hat, sticht sie auf die Bilder ein, als Erstes tötet sie die Frau, dann kommen die Bäume dran, dann der Rest ... Stirb, *puttana*, stirb ...

Als das Werk der Zerstörung vollbracht ist, fühlt sich Anna ein bisschen besser. Kurzfristig. Steht da mit dem Messer in der Hand und überlegt, ob sie weitermachen soll. Alles zerfetzen, was in Peters Atelier ist, jedes einzelne Bild.

Wie ihn das treffen würde! Weil er doch nichts so sehr liebt wie seine Kunst. Doch nein: angeblich seine Frau. Und dann – Überraschung – hatte er noch eine dritte Liebe, und die hieß Valentina. Nicht er hat mit ihr Schluss gemacht, sondern sie mit ihm – das tut noch einmal extra weh. Anna denkt, dass sie das Messer aus der Hand legen sollte. Nichts mehr zerstören. Vielleicht später, an einem anderen Tag.

Doch es ist so: Weder diesen noch andere Tage kann sie sich vorstellen. Als ob die Zeit angehalten wäre. Gegenwart plus Vergangenheit minus Zukunft. Sie hat Peter versprochen, noch einmal vorbeizukommen und ihm ein Stück von Maries Sachertorte vorbeizubringen. Und die Adressenliste. Er wusste, dass sie im Atelierschreibtisch aufbewahrt ist. Hat er vergessen, dass dort die Kassette war? Oder wollte er, dass sie sie findet?

Es tut mir leid! Es war doch nur körperlich! Es hatte nichts mit uns zu tun!

Ist es das, was er sagen würde, wenn sie ihn mit ihrem Fund konfrontierte? Lächerliche Entschuldigungen für einen Verrat von dreiundzwanzig Jahren! Verrat! Er hat mir, denkt Anna, sechzig Jahre meines Lebens gestohlen. Sechzig Jahre Liebe und Vertrauen. Wer weiß, was vor Valentina war? Wahrscheinlich ein paar seiner Studentinnen. Anna hat stets darüber gelächelt, wenn er mit Frauen flirtete. War sich seiner so sicher. Wölfe, die bellen, beißen nicht. Einer ihrer dummen, dummen Sprüche.

»Ich war eine Vollidiotin«, sagt Anna laut. Sie kippt noch einen Schluck Grappa, verzieht ihr Gesicht vor Ekel und verlässt das Atelier. Kein Aufräumen, dazu hat sie noch viel Zeit, und – wer weiß – vielleicht sollte man alles so lassen? Es zur Kunst erklären. Ein Happening. Titel: *Die Hammer-Ehe.*

Sie verschließt die Tür, nur einmal, nicht dreifach wie sonst immer. Dann geht sie zum Wagen und fährt wie der Teufel zurück in die Sternstraße. Findet einen Parkplatz direkt vor dem Haus, was an ein Wunder grenzt. Doch für Wunder hat Anna an diesem Dezembertag nicht den geringsten Sinn. Auch nicht für Maries Lächeln hinter der Scheibe. Anna steht vor dem *Deli* und schaut hinein.

Dort sitzt Valentina. Johnny Januschek neben ihr. Die beiden reden miteinander und haben sie gar nicht bemerkt. Anna wiederum spürt nicht, dass sie nass wird. Es regnet in Strömen. Sie hat keinen Schirm dabei, nur das Messer, mit dem sie Peters Bilder zerfetzt hat. Es ist in ihrer Handtasche. Sie hätte es auch im Atelier lassen können, aber sie hat es eingesteckt. Manche Handlungen ergeben gar keinen Sinn. Andere schon.

Marie öffnet die Tür. »Komm schnell rein, du bist ja ganz nass.«

Anna hält ihre Handtasche an die Brust gepresst. »Spielt keine Rolle«, sagt sie.

»Du siehst furchtbar aus, Anna. Was ist passiert? Etwas mit Peter?«

Sie schüttelt den Kopf. »Dem geht es gut. Kann ich ein Glas Rotwein haben?«

Anna setzt sich neben Valentina, die sich jetzt umdreht und sie anlächelt. »Guten Abend, Valentina«, sagt Anna.

Die alte Frau mit den kurzen roten Locken lächelt sie an. Greller Lippenstift, leicht verschmiert. »Hallo«, sagt Valentina. Ihr Blick ist fragend.

Marie stellt ein Glas Rotwein auf den Tisch. »Möchtest du was dazu? Kuchen? Käse? Soll ich was für Peter einpacken?« Zu Valentina: »Das ist Anna. Sie wohnt im ersten Stock.«

Anna nimmt einen Schluck Wein, der nach Grappa schmeckt. Setzt das Glas behutsam ab. »Das ist Anna«, wiederholt sie, »Peters Frau.«

Valentina schenkt ihr eines dieser strahlend leeren Lächeln. In ihren Augen liest Anna – nichts. Sie hat es vergessen, denkt sie. Die Hure weiß nichts mehr von dreiundzwanzig Jahren Betrug und Verrat. Das ist ja noch schlimmer als alles andere …

Sie handelt gedankenlos. Streckt ihre Hand aus – und gibt Valentina eine Ohrfeige. Nicht schallend, eher damenhaft. Symbolisch.

Valentina haucht »oh« und hält sich die geschlagene Wange. Für eine Sekunde glaubt Anna in ihren Augen etwas zu sehen: Erinnerung. Scham. Dann ist der Schleier wieder da, war vielleicht nie weg, und sie hat sich getäuscht.

15

FuckXmas

Hey Leute, haben wir keine anderen Probleme? Der Chat ist doch bescheuert. Jeder soll reinschreiben, was sie/er an Weihnachten hasst. Ich fasse zusammen:

1. Eltern
2. andere Verwandte
3. kleine Geschwister, die fragen, wann das Christkind kommt
4. die Scheißlieder
5. der Scheißbaum
6. die Scheißgans
7. die scheißblöden Geschenke
8. das Scheißwetter
9. die Scheißdeko
10. die Scheißnachrichten

Hab ich was vergessen?
Fee

FuckXmas
Ja, meine Alten sind Zeugen Jehovas. Die feiern kein Weihnachten. Ich war immer die Einzige in der Klasse, die nix bekam. Nicht mal Scheißsocken.
Annalena

FuckXmas
Hast du Scheißprobleme, Annalena. Pass auf, dass du keinen heavy Unfall hast. Deine Alten würden

dich glatt verbluten lassen.
Oliver

FuckXmas
Noch drei Jahre, dann können die mich mal. Solange bin ich yolo. Was hasst du an Scheißweihnachten, Oli?
Annalena

FuckXmas
Die Mitternachtsmesse. Wenn alle vollgefressen und zugedröhnt sind, geht's noch ab ins Haus Gottes. Bigottes Familienpack.
Oliver

FuckXmas
Du solltest den Glauben anderer respektieren, Oliver. Selbst wenn es die Scheißfamilie ist.
Hanni

FuckXmas
Hanni? Was für ein abgefuckter Name ist das denn. Ich hab nix gegen echte Christen, aber diese Heuchler sind so was von abgefuckt. Diese Weihnachten werd ich verkünden, dass ich schwul bin. Mal sehen, was dann abgeht.
Oliver

FuckXmas
Sie werden für dich beten.
Fee

Fuck Xmas
Bist du schwul?
Tom

FuckXmas
Wer will das wissen? Geht's hier um Weihnachten oder was?
Oliver

FuckXmas
Die Konsumshit ist so was von ätzend. Ich hab mir diese Weihnachten einen Flüchtling gewünscht.
Fee

FuckXmas
Kein Scheiß? Why? Zum Bedauern?
Tom

FuckXmas
Zum bei uns Wohnen, haha. Meine Scheißeltern sind so was von gammelfleischangenervt.
Fee

FuckXmas
Is ja episch. Könnt ich mir auch wünschen. Was Spezielles da?
Oliver

FuckXmas
Kein Rassismus jetzt, Leute. Ich find das megacool von dir, Fee.
Hanni

FuckXmas
Ich auch. Ich fänd einen Chinesen cool.
Annalena

FuckXmas
Von welchem Planeten kommt ihr zwei? Swag ist das neue Cool.
Oliver

FuckXmas
Deine Sorgen möcht ich mal haben, Arschkeks. Hanninanni ist halt eine korrekte Tusse.
Tom

FuckXmas
Weihnachten, Leute. Fällt euch dazu nix mehr ein?
Fee

FuckXmas
Marslandung? Revolution? Hakuna Matata.
Tom

FuckXmas
Schafft erst mal den blöden Baum ab.
Oliver

FuckXmas
Extrem beleuchtetes Nadelgehölz mit Religionshintergrund.
Hanni

FuckXmas
Haha. Gediegener Scheiß. Was wünschst du dir vom Christkind, Hanni?
Oliver

FuckXmas
Frieden, Frieden …
Fee

FuckXmas
Spacko.
Tom

FuckXmas
Heinrich Böll, selber Spacko.
Fee

FuckXmas
Ich wünsch mir … andere Eltern.
Hanni

FuckXmas
Du überforderst das Christkind, Hanni.
Fee

FuckXmas
Ihr habt gefragt. Bei uns wird geharzt.
Hanni

FuckXmas
In your face … dann bist du so was wie ein Inlandsasylant.
Tom

FuckXmas
Mach hier nicht auf Niveaulimbo. Für seine Scheißalten kann doch keiner was. Willst du sie nicht nehmen, Fee, als Asylantin oder so?
Oliver

FuckXmas
Yeah. Machst Du's?
Tom

Keine Antwort. Das Netz hüllt sich in Schweigen. Stille Nacht. Der Chat stirbt an Wortmangel. Hakuna Matata.

16

Affären und Auswege

Annas Ohrfeige ist Hausgespräch. Natürlich hat Marie es den anderen erzählt, und wenn sie es nicht getan hätte, wäre die Nachricht über Johnny verbreitet worden. Das Interessante ist nicht die Ohrfeige, sondern die Ursache. Spekulationen geistern durch Stockwerke und finden ihren Niederschlag im *Deli.* Eine der Personen, die noch nichts dazu gesagt haben, ist Valentina.

»Sie sah so verwundert aus«, sagt Marie. »Als ob auch sie nicht wüsste, warum Anna das getan hat.«

»Wahrscheinlich hat sie's gleich wieder vergessen«, sagt Johnny. »Ich denke ja, dass es die Tauben sind. Valentina hat Gift auf ihrem Balkon ausgelegt, weil sie die Viecher hasst. Und Anna hat sie gefüttert, die Tauben. Wär doch ein Grund für eine Ohrfeige, oder?«

Einige stimmen ihm zu, andere vermuten Geschichten aus der Vergangenheit. »Peter hat sie gemalt«, sagt Sissy. »Vielleicht sind die zwei sich nähergekommen ...«

Marie widerspricht. Für sie gibt es keinen Zweifel an der Perfektion dieser Beziehung. Bernhard Kinkel schließt sich ihr an und vertritt die These, dass Anna wegen der Krankenhaussache völlig aus dem Tritt sei. »Möglich, dass Valentina irgendwas Blödes sagte, und da ist sie ausgerastet.«

Die Einzige, die Licht ins Dunkel bringen könnte, ist Anna. Doch seit der Ohrfeige ist sie nicht mehr ins *Deli* gekommen. Niemand hat sie gesehen. Marie ist beunruhigt, die anderen meinen, dass Anna sich ein Bett im Krankenhaus organisiert habe, um immer bei Peter zu sein. *Das* würde man ihr auf jeden Fall zutrauen.

»Sie geht aber nicht ans Telefon«, sagt Marie.

Von Ahlen: »Das Handy muss man in Krankenhäusern ausschalten.«

Gibt es irgendwas, wozu er nicht seinen Senf gibt? »Aber doch nicht die ganze Zeit.« Marie sorgt sich um Anna, aber auch um Valentina. »Sie kann nicht mehr allein da oben wohnen, Leute. Wir müssen was tun!«

Bernhard: »Das sagen Politiker auch immer. Und dann passiert nichts – oder das Falsche. Und ich hab Durst.«

»Herrgott, Bernhard!« Marie schenkt ihm nach, und an ihrem Blick sieht er, dass der Deal ein fragiles Werk ist. Sie hat so schöne Kuhaugen, die noch besser aussehen könnten, wenn sie sie schminken würde. Bernhard ahnt, dass er sich verlieben könnte, doch er weiß, dass eine Beziehung zwischen einem Gewohnheitstrinker und einer Exalkoholikerin nicht funktionieren kann. Er müsste also mit dem Trinken aufhören – no way, bei aller Liebe nicht.

»Ich hätte da eine Idee.« Sissy nippt an ihrem Wasserglas, sie ist auf vorweihnachtlicher Diät, was ihr im *Deli* schwerer fällt als anderswo. »Die Tochter einer Cousine von mir studiert in München Theologie. Sophie ist eine ganz Liebe, nur die Familie ist bescheuert und außerdem total verarmter Adel. Sophie lebt vom Stipendium und vom Jobben. Und jetzt fliegt sie aus ihrem Zimmer raus wegen Eigenbedarfs und sucht verzweifelt eine Bleibe ...«

»Sophie wohnt für nix bei Valentina und passt dafür auf sie auf, so gut es geht.« Marie hat schneller mitgedacht als die anderen. Sissy mag es nicht, wenn man ihre Sätze vollendet. Das hat ihre Mutter immer getan, solange sie noch bei ihr wohnte.

»Zuerst hatte ich an Johnny gedacht, aber der sagt, dass er irgendeinen Opernsänger bei sich aufnimmt.«

»Oh, verdammt.« Bernhard starrt in sein leeres Glas und lässt offen, wen oder was er damit meint.

»Aber das wäre doch perfekt. Frag du die Studentin, ob sie das machen will, und ich rede mit Valentina.«

»Es klingt zu gut, um wahr zu sein.« Luis von Ahlen hält Marie sein leeres Glas hin. »Ich bin heute bei Regina eingeladen, aber eins geht noch.«

Sissy schaut auf die Bahnhofsuhr. »So spät? Und redest du von Regina Sixt?«

Luis hält ihrem strafenden Blick mit einem Wimpernschlag stand. »Ja, so ein After-Dinner-Get-Together, ganz zwanglos.«

Er hätte mich mitnehmen können, denkt Sissy. Zumindest fragen, ob ich mitkommen will. Was die anderen noch nicht wissen, ist, dass sie und Luis eine Affäre pflegen. Eine Weihnachtsgeschichte, aus sentimentaler Stimmung entstanden. Sissy glaubt nicht, dass sie bis zum nächsten Jahr halten wird. Na, da wird sie viel zu lachen haben.

»Eine Affäre« ist übertrieben. Sie haben miteinander geschlafen in Sissys Wohnzimmer. Auf der Couch. Alkohol war im Spiel und ihre Angst, diese Nacht allein zu verbringen. Die Nacht mit Luis war dann okay, aber kein Grund, den Mann zu preisen. Sie hatte das Gefühl, dass er die ganze Zeit sich selbst zusah und sie erst in zweiter Linie wahrnahm. Geredet haben sie nicht viel, zumindest nicht mehr, seit sie auf der Couch waren. Am Morgen ging er früh zu einem wichtigen geschäftlichen Termin. Luis ist ein bisserl angeberisch und ein Namedropper, das sind in München so einige, doch bei ihm nervt es sie. Besonders jetzt, auf der intimen Schiene.

Luis ist teuer angezogen und redet wohlhabend daher. Doch was er wirklich macht, weiß ja nun keiner. Sie auch nicht. Sissy wünscht sich einen reichen Mann. Der gern lacht. Wie er aussieht oder wie alt er ist, ist ihr egal. Im Rahmen des Erträglichen natürlich. Aber Geld sollte er haben, weil sie leider keins hat. Eine Existenz von einem Monat zum nächsten, das kleine Erbe ihres Vaters ist fast aufgebraucht, und mit den Therapiestunden verdient sie nicht einmal die Miete. Sie spart ja, wo sie kann, aber dem bescheidenen Leben sind in einer Stadt wie München enge Grenzen gesetzt.

Sie sollte ausziehen. Sich einen Untermieter nehmen, daran hat sie schon gedacht. Doch Großcousine Sophie kommt nicht infrage, von der kann sie ja kein Geld verlangen. Familienehre. Bevor sie ihre Mutter um Geld bittet, geht Sissy lieber zum Sozialamt. Oder sucht sich einen Job als Putzfrau.

Gesellschaftsdame. Sie hat schon angefangen, einschlägige Anzeigen zu lesen – Heiratsanzeigen und Jobangebote. Private Yogalehrerin, das wäre auch nicht schlecht. Nur ist jetzt vor Weihnachten keine gute Zeit für so was. Im nächsten Jahr, das nimmt sie sich vor, wird sie jede Arbeit annehmen, um an Geld zu kommen. Jede Heiratsanzeige beantworten, nach jedem Strohhalm greifen.

Fehrendonk, der noch nicht einmal schlecht aussieht, wäre ideal. Marie hat sie natürlich nie angerufen, da scheint Eigeninteresse zu bestehen. Und jedes Mal, wenn Sissy von oben Schritte im Treppenhaus hört, späht sie durch den Spion, ob es der Hausbesitzer ist. Dann würde sie wie zufällig ihre Wohnung verlassen und ... aber nein, der Typ lässt sich nicht blicken. Weder im Treppenhaus noch im *Deli*. Zumindest nicht, wenn Sissy nach ihm Ausschau hält. Was zum Teufel macht er die ganze Zeit – sein Geld zählen?

Als Luis sich zu seinem zwanglosen Treffen mit Regina aufmacht, berührt er im Vorbeigehen Sissys Hand. Na toll, denkt sie mit einem Anflug von Gefühl. In die Parade der Sissy-Männer hat sich wieder einer eingereiht, der ihr nicht guttun wird. Sie kann nicht einmal sagen, warum. Dieser unbestimmte Gedanke, dass Luis von Ahlen unecht ist. Eine Kunstfigur aus Schwabing. Und garantiert keiner, der ihre finanziellen und emotionalen Probleme lösen wird.

»Ich ruf die Sophie noch heute an«, verspricht sie Marie und legt zwei fünfzig für die Wasserflasche hin. Auch wieder eine unnötige Ausgabe, Leitungswasser schmeckt genauso. Aber wenn sie bei Marie Leitungswasser bestellen würde, kämen vielleicht Gerüchte auf. Wenn sie wenig mit ihrer Mutter gemeinsam hat, dann doch den Standpunkt, dass der Mensch eine Fassade braucht. Adel verpflichtet. So geht sie hocherhobenen Hauptes aus dem *Deli* eine Tür weiter und die Treppe nach oben in den ersten Stock. Langsam und immer in der Hoffnung, Albian Fehrendonk zu begegnen. Dann würde sie stolpern und ihm in die Arme fallen. So in der Art. Doch der Mann bleibt unsichtbar, und sie bleibt ungeliebt und arm. Schöne Aussichten für Weihnachten!

Nachdem Bernhard als Letzter gegangen ist, schließt Marie die Tür und trägt die leeren Gläser in die Küche. Erst danach zündet sie sich auf dem Küchenbalkon eine Zigarette an. Aus dem ersten Stock hört sie Sissys Lachen. Es klingt angestrengt. Irgendwas läuft zwischen Sissy und Luis, glaubt Marie, sie spürt Schwingungen, wenn die beiden im *Deli* sind. Nicht weiter aufregend, die Sache mit Valentina erscheint ihr wichtiger. Sie wird noch vor Weihnachten mit ihr darüber reden und es so darstellen, dass Sissys Verwandte dringend eine Unterkunft braucht. An Valentinas Gutherzigkeit appellieren, die sich halt nicht auf Tauben erstreckt. Oder Eichhörnchen. Wenn Sophie erst einmal bei ihr wohnt, sollte sie das Gift entsorgen, das Valentina auf ihrem Balkon auslegt. Und Anna? Als Marie ihre Zigarette löscht, beschließt sie, in den ersten Stock zu gehen und zu klingeln. Falls niemand antwortet, wird sie ihren Schlüssel benutzen, Anna hat ihn ihr für Notfälle gegeben.

Es ist fast elf, und als sie bei den Hammers klingelt, fragt sie sich, ob sie das Richtige tut. Sie hört Kindergeschrei aus dem zweiten Stock, doch keine Schritte, keine Geräusche aus der Wohnung. Marie wartet noch eine Minute, dann schließt sie auf. Alles ist dunkel und still. »Anna«, ruft sie durch den Flur. »Anna, ich bin's, Marie.« Keine Reaktion.

Sie schaltet das Flurlicht an und bewegt sich vorsichtig an Peters Bildern vorbei in Richtung Küche. Bleibt stehen und denkt, dass man Nachbarschaftshilfe auch zu weit treiben kann. Anna ist nicht da. Wahrscheinlich im Krankenhaus, vielleicht bei Freunden. Marie dreht um und ist schon fast an der Tür, als sie einen schwachen Laut hört. Er kommt aus einem der Zimmer, sie folgt ihm und öffnet vorsichtig die Tür.

Das Flurlicht erhellt das Schlafzimmer so weit, dass Marie eine Gestalt im Bett erkennen kann. Anna. Die Gestalt setzt sich auf und sagt: »Stehen bleiben oder ich schieße.«

Marie sieht im Halbdunkel, dass sie etwas in der Hand hält. Eine Pistole? Viel zu laut sagt sie: »Ich bin's, Anna, Marie. Bitte nicht schießen.«

Anna schaltet die Bettlampe an. In der Hand hält sie ein Brillenetui, das sie jetzt zur Seite legt. »Mein Gott, hast du mich erschreckt. Was machst du hier?«

Marie kommt einen Schritt näher. Sie fühlt sich aufdringlich und ziemlich dumm. »Es tut mir leid. Ich hab mir Sorgen gemacht. Weil dich niemand gesehen hat seit der Ohrfeige. Ich wollt einfach nachschauen, ob was passiert ist.«

Anna sieht grimmig aus. Schlaftrunken. Ihre Stimme ist heiser. »Ach Gott, mir ging's nicht gut. Ich habe zwei Schlaftabletten genommen – und dann, glaub ich, noch mal zwei. Und ich bin nicht ans Telefon gegangen, das ist wahr.«

»Und du hast mein Klingeln nicht gehört.«

»Mea culpa.« Anna nimmt ihre Brille aus dem Etui. »Wie spät ist es?«

»Dreiundzwanzig Uhr. Du solltest nicht mit Brillenetuis auf Menschen zielen. Du hast mich erschreckt. Hast du was gegessen? Soll ich dir was bringen?«

»Nein. Ein Glas Rotwein vielleicht?«

»Nach den Schlaftabletten?«

Anna stellt ihre Füße auf den Boden. »Die bringen einen nicht um, von der Sorte müsste man schon hundert einwerfen. Trinkst du ein Glas mit mir?«

»Ich trinke gern mit dir«, sagt Marie, »aber ich nehme Wasser.«

»Ich dacht mir schon lange, dass du ein Problem mit Alkohol hast.« Anna sagt das leichthin, während sie sich in ihren Bademantel hüllt. »Gut. Dann Wasser und Wein. Ich hab auch noch ein paar Cracker aus dem *Deli*. Du entschuldigst, dass ich aussehe wie ein altes Wrack.«

Marie widerspricht, obwohl Anna recht hat. Sie bereut ihre Sorge oder Neugierde oder was auch immer. Mag nicht mit Anna darüber reden, ihr Herz ausschütten. Sie ist müde. Sie schenkt sich ein Glas Wasser ein und Anna von dem Wein.

»Wie geht es Peter?«

Annas Stimme klingt gleichgültig. »Ich weiß nicht, ich war gestern nicht im Krankenhaus. Er hat ein paarmal angerufen, aber ich bin nicht ans Telefon. Ich hab geschlafen.«

Das hört sich nach einer Katastrophe an, denkt Marie. Seit sie hier wohnt, hat sie noch keinen Streit zwischen den beiden erlebt. Keinen Tag, an dem sie nicht liebevoll miteinander umgingen. »Geht es dir so schlecht? Was ist los, Anna?«

Ein abscheuliches Lächeln. »Ging mir schon mal besser. Seit wann trinkst du nicht mehr?«

»Seit ein paar Jahren.«

»Bist du deshalb allein? Wegen des Trinkens?«

Marie lächelt ins Halbdunkel. »Vielleicht. Wir können uns jetzt Geschichten erzählen. Oder wir reden übers Wetter. Heute sah es kurz so aus, als ob es schneien würde.«

»Ich bin ganz schneeig.« Anna schaut nachdenklich auf ihren Arthrosefinger. »Zugeeist. Ich habe keine Freunde, zu denen ich gehen könnte. Familie auch nicht, bis auf meine Schwester, und die hab ich aus den Augen verloren. Ich hatte immer nur diesen Mann. Glaubst du, dass Reden hilft?«

»Mir hat es geholfen.« Marie schenkt nach und spürt den Geschmack von Burgunder im Gaumen. Dieses heftige Verlangen, das sie anfällt wie ein hungriger Wolf. Ihn immer wieder zurückzudrängen, kostet so viel Kraft. Nachgeben wäre einfacher.

»Du kannst rauchen, wenn du willst«, sagt Anna. Sie schiebt einen Aschenbecher in Maries Richtung.

Marie ist ihr dankbar dafür. Das kleinere Laster: Sie zündet sich eine an, inhaliert tief und spürt, wie der Wolf sich langsam zurückzieht.

Anna greift nach der Packung und dem Feuerzeug. »Ich denke, ich rauch jetzt auch mal eine. Man ist nie zu alt, um was Dummes zu beginnen.«

17

Weihnachtsmarktexperten

Johnny wird vor Weihnachten melancholisch. Weil Melinda an einem 23. Dezember starb. Weil er sie halt geliebt hat wie keine andere. Seine Musikerfreunde wissen das und melden sich im Dezember häufiger als in anderen Monaten. Man zieht um die Kneipen und im Dezember um die Weihnachtsmärkte. Es gibt über zwanzig in München.

Der Mensch braucht warme Kleidung, Geld und eine gute Leber für die Weihnachtsmarkttour. Im Allgemeinen sind Musiker trinkfest, und Johnny ist es auch. Trotzdem haben er und seine Freunde noch nie alle Märkte in einer Nacht geschafft, selbst wenn sie um dreizehn Uhr mit Glühwein und Bratwurst an der Münchner Freiheit anfangen. Traditionell: Johnny, der Gitarrist, Bertl, der Schlagzeuger, und Heimo, der Saxofonspieler. Freunde seit ewig, nur Franzl, der Bassist, fehlt in diesem Jahr, weil er zur Entziehungskur in Bad Kissingen ist.

Den ersten Becher trinken sie auf Franzl, die arme Sau. Sie beginnen an immer demselben Stand, weil der den besten Glühwein hat. Und eine Bratwurst, die genialisch gewürzt ist. Das Niveau der Speisen und Getränke ist beliebter Gesprächsstoff, manches ändert sich von Jahr zu Jahr, anderes bleibt. Wenn das Gute Bestand hat, nennen sie es Tradition. Beim Schlechten schimpfen sie auf Weihnachtskommerz und Verglühwein. Das Essen muss sein, wegen der Trinkfestigkeit, doch im Vordergrund steht die Bewältigung der Alkoholmengen. Alles andere – die Kerzen und Krippen und Kugeln und Batiken und aller Tand, den Weihnachten hervorzaubert – interessiert sie nicht. »Nice Scheiß«, sagt Johnny milde, er weiß noch, wie Melinda den Schmarrn geliebt und die Wohnung in ein Weihnachtswunderland verwandelt hat.

Später am Tag ist ihr Stand umlagert, doch jetzt, um die Mittagszeit, hält sich das Gedränge noch in Grenzen. Sie diskutieren, ob sie es bei einem Becher belassen und weiterziehen, und entscheiden dann mehrheitlich für einen Drüberstreuer. Bertl telefoniert mit einer Frau, die er später am Marienplatz treffen will, dort hat er sie vor ein paar Tagen am Glühweinstand kennengelernt. Das könnte die geplante Marktwanderung durcheinanderbringen, doch Johnny und Heimo sagen erst einmal nichts. Prost: der zweite Becher wird auf die Musik geleert. Diese Nutte, die so viele gute Leute verführt und wieder wegstößt.

Die nächste Station ist der Weihnachtsmarkt am Chinesischen Turm, das ist kein weiter Weg, schade nur, dass alles grau und matschig und nicht schneeweiß ist. Die Kälte ist auszuhalten, und Glühwein wärmt sowieso. Der Markt im Englischen Garten ist klein und überschaubar, ein paar Familien mit Kindern sind da, die viel Lärm machen. Die drei beschließen, hier nur einen Becher zu kippen. Sie schimpfen auf die Münchner Musikszene, die miesen Gagen und den Nachwuchs, der die Preise verdirbt. Die spielen zur Not auch umsonst. »Wahrscheinlich wohnen die noch bei ihren Eltern«, sagt Heimo, der an der Volkshochschule Kurse gibt und einen echten Hass auf unmusikalische Saxofonspieler hat. Schlagzeuger Bertl hat eine Karriere hinter sich und das Geld gut angelegt. Er hat als Einziger genügend Penunzen und gibt die meisten Getränke aus. Darüber redet keiner, das ist halt Gerechtigkeit, über die sie zu späterer Stunde dann eher abstrakt diskutieren.

Den Weg zum Mittelaltermarkt am Wittelsbacherplatz schaffen sie noch zu Fuß. Dort und am Marienplatz sind schon nachmittags die meisten Touristen unterwegs. Die stehen auf die komischen Gwandln und den altmodischen Plunder, der angeboten wird. Überwiegend Made in China, aber da muss man erst mal drauf kommen.

Johnny und Bertl und Heimo steuern zielsicher auf den Stand mit dem besten Metwein zu. Dann gehen sie zur *Wildbräterey*, um Spanferkel am Spieß zu essen.

Wer viel trinkt, braucht eine gute Unterlage. Heimo schaut auf seinen Schweinsbratenbauch und wandelt Cäsar ab. Frauen mögen dicke Männer, jedenfalls die, bei denen er landet. Längerfristig hat er sich nie festgelegt, weil das schwer in die Hose gehen kann, wie er bei Johnny sah. Der trauert immer noch um seine Melinda – nach all der Zeit. Weihnachten wird es dann kritisch, weshalb sie ihn am 23. und 24. nie alleinlassen.

Nach dem Essen trinken sie noch einen nach Honig schmeckenden Schnaps auf den armen Franzl und fragen sich, wie einer in Bad Kissingen existieren kann. Dann ziehen sie weiter, diesmal mit der U-Bahn, zum Weihnachtsmarkt am Rotkreuzplatz. Der ist eher untouristisch, von Mittelalter keine

Spur, der übliche Weihnachtskram, der Glühwein, der Punsch, die Auszogenen, Bratwürste, Crêpes und Bratäpfel. Die Neuhauser Weihnachtsmarktgänger sind mehr oder weniger unter sich. Die Dreierbande begibt sich wie im letzten Jahr zum Stand mit dem Teisendorfer Weihnachtstrunk – eine wilde Mischung aus Früchtetee, Enzian und Rum. Schmeckt hervorragend, doch sie belassen es bei einer Tasse. Man will ja nicht übertreiben. Im letzten Jahr, so Bertl, habe er drei auf die Schnelle getrunken und sich hinterher nicht so gut gefühlt.

Man wird halt gemein älter. Darüber reden sie auf dem Weg zum Giesinger Weihnachtsmarkt, auch eher eine interne Veranstaltung, weil die Touristen Schafe sind, die es immer auf dieselben Weiden treibt. Deshalb versäumen sie den gschmackigen Zirltaler Winterpunsch – Schwarztee mit viel Kirschwasser. Der Standlmann kann sich an Heimo gut erinnern. Der hatte mit irgendeinem Besucher gewettet, dass er zehn davon trinken könne, hintereinander. Die Wette gewonnen. Danach gespuckt. Die Standlbetreiber mögen trinkfeste Männer mit dicken Bäuchen, die sind gut fürs Geschäft. Heimo, Bertl und Johnny heben die Tassen auf die Jugend, die sie noch aus der Ferne kennen, und all die tolldreisten Träume, die sie hatten.

Von Giesing machen sie sich auf den Weg zum Marienplatz. Der größte Markt. Der größte Weihnachtsbaum. Das Glockenspiel. Touristengewühl. Dem würden sie ausweichen, wenn Bertl sich nicht mit dieser Frau am Glühweinstand verabredet hätte. Um halb fünf. Nur hat er inzwischen vergessen, an welchem Stand sie sich neulich getroffen haben. Es gibt mehrere, und die Standln sehen alle gleich aus.

So suchen sie in der Menge nach einer Blondine mit abstehenden Ohren, was sich als recht schwierig herausstellt.

Nach einer Stunde und sechs Bechern Glühwein geben sie auf. »Es werden sich andere finden«, philosophiert Heimo, und dann diskutieren sie darüber, welche Richtung sie einschlagen sollen. Johnny schlägt die *Winter-Tollwut* vor, doch er hat zwei Stimmen gegen sich. Multikultureller Kommerzscheiß mit Musikbegleitung. Sie einigen sich auf den Haidhauser Weihnachtsmarkt am Weißenburger Platz. Mit der U-Bahn machbar, für längere Wanderungen fehlt inzwischen der Enthusiasmus. Bertl sagt, dass er durstig sei und dringend ein Bier brauche. So gehen sie halt in eine Schänke, bevor sie am Markt den Stand mit dem Finsterglühwein suchen und finden.

Er ist schon recht belagert um die Zeit, in der das Himmelslicht von hell- zu dunkelgrau wechselt. Künstliches Lichterglitzern und Weihnachtsfrauen und -männer allüberall. Fröhliche Gesichter. Glühweinwangen. Die Temperatur hat angezogen, und wer will, kann seinen Atem sehen. Sich im Gewühl anlächeln, sich zuprosten, miteinander ins Gespräch kommen. Liebe und Friede und Freude, das ist der Geist der Weihnacht. Er entfaltet sich glühweinmäßig und wabert in der Geruchsmelange von Zimt und Nelken, Alkohol und heißem Fett. »Halleluja«, ruft Bertl und nimmt eine Italienerin in den Arm. Auf dem Weihnachtsmarkt ist es fast so lustig wie auf dem Oktoberfest. Fast.

Heimo sagt, dass er hungrig sei von dem vielen Trinken, und sie schlagen sich zu dem Stand mit den besten Reiberdatschis durch. Danach muss ein

Schnaps her, und sie entscheiden sich für einen Ratzeputz, der kommt aus Celle.

Johnny merkt, dass sich sein Sprachzentrum ziert, wenn er was sagen will. Er nimmt sich vor, mit dem Trinken allmählich aufzupassen, die Nacht ist ja noch jung. Am Stand sieht er eine Frau, die Ähnlichkeit mit Melinda hat. Ein bisserl verschwommen ist das Bild. Er geht auf sie zu, doch sie wendet sich ab, als er ihr zu nahe kommt. Blöde Kuh, denkt er, und aus der Nähe ist sie seiner Melinda überhaupt nicht mehr ähnlich.

»Vamos, compañeros«, sagt er zu Bertl und Heimo, die sich mit einer Gruppe trinkender Rentnerinnen verbrüdert haben. Die beiden würden gern noch bleiben, doch sie geben nach, weil vor Weihnachten mit Johnny nicht zu spaßen ist. Heimo schlägt das Weihnachtsdorf bei der Residenz vor, und Bertl möchte zum Pasinger Markt, weil es dort ein alkoholisches Getränk gebe, das man sonst nirgendwo bekomme. Bloß an den Namen könne er sich nicht mehr erinnern.

Johnny denkt, dass es an der Zeit ist, den Franzl in die Waagschale zu werfen. Im letzten Jahr war er noch dabei, sie haben ihn spaßeshalber Monaco-Franzl getauft, aber tatsächlich ist der Bassist ein Männerliebhaber. Sieht man ihm nicht an, merkt man ihm nicht an, aber so ist's halt.

Franzl liebt blonde Männer und Alkohol in jeder Form. Und als sie noch im Quartett waren, ging es mit Franzl immer auch zum Stephansplatz, zum Pink Xmas. Klein, aber fein, lesbisch und schwul, mit einem wirklich guten weißen Glühwein. Viel Heterovolk unterwegs und manchmal gute Livemusik. »Ich sage nur Pink«, meint Johnny. »Dem Franzl zuliebe, der armen Sau.«

Darauf trinken sie noch einen, bevor sie zum Taxistand wandern. Johnny spürt, dass nicht nur sein Sprach-, sondern auch sein Gehzentrum beeinträchtigt ist. Er ist in jenem Stadium der Trunkenheit, in dem er sich gern vor die U-Bahn werfen würde. Was in einem Taxi sitzend gar nicht so einfach wäre. Auf jeden Fall muss er weitertrinken, um wieder lustig zu werden.

Bertl und Heimo streiten darüber, wie viele Weihnachtsmärkte noch fehlen. Weil sie in diesem Jahr den Rekord aufstellen und alle schaffen möchten. »Das geht nur mit weniger Alkohol«, sagt Bertl mit all seiner Weisheit, und Heimo kichert nur. Männer mit dicken Bäuchen können richtig viel vertragen. »Nein, wir müssen mehr essen«, sagt er. Johnny wird schlecht, und er öffnet ein Wagenfenster.

»Wenn S' ins Auto speibn, kost das zweihundert Euro Reinigung«, sagt der Fahrer. Weihnachtsaufschlag.

»Ich weiß schon«, sagt Johnny und streckt sein Gesicht aus dem Fenster. Der kalte Fahrtwind wirkt beruhigend auf seinen Glühweinschnapsteemagen.

Der kleine Weihnachtsmarkt ist rosa illuminiert und brechend voll. Auf der Bühne singen zwei Frauen russische Weihnachtslieder, die sehr traurig klingen. Heimo stellt sich am Getränkestand an und bringt drei rosa Becher mit weißem Glühwein. Dann reiht er sich in die Schlange vor dem Bratwurststand ein. Johnny ist immer noch a bisserl schlecht, doch der eher saure Glühwein fühlt sich gut im Magen an. Noch besser wäre ein Whisky, denkt er, doch das ist weihnachtsmarktmäßig ein Sakrileg.

Die russischen Frauen werden von einem Opernsänger abgelöst, der Arien in ein Mikrofon schmettert. Sie trinken noch einen rosa Becher auf Franzl, die arme Sau. Dann kauft Johnny bei einem der Standl einen blechernen, blonden Beachboy, den man an den Weihnachtsbaum hängen kann. Den will er Franzl nach Bad Kissingen schicken. Heimo holt sich noch einen Crêpe mit Cointreau, er ist ausgesprochen stolz auf seinen Elefantenmagen. Bertl baggert eine schöne Japanerin an, die ihm in perfektem Deutsch erwidert, dass sie a) nicht lesbisch, aber b) auch nicht an ihm interessiert sei.

Sie trinken eine dritte Runde von dem weißen Glühwein, applaudieren dem Sänger, und dann entdeckt Bertl die Blondine mit den Ohren, die er eigentlich am Marienplatz treffen wollte. München ist ein Dorf, er wusste es immer schon. Eilt auf sie zu und umarmt seine Weihnachtsmarktfrau.

»Oje«, sagt Heimo zu Johnny, den können sie für den Rest des Abends vergessen. Wieder kein perfekter Weihnachtsmarkttrip. Obwohl ja zu zweit noch was geht. Heimo schlägt Bogenhausen oder Pasing vor. Johnny winkt ab. Wenn überhaupt, würde er noch mal mit der U-Bahn vom Sendlinger Tor zur Münchner Freiheit fahren. Zumal er fast pleite sei, und der Bertl falle als Rundenzahler ja nun aus. Sie sehen ihn mit der Blondine entschwinden, sie trägt eine rosa blinkende Weihnachtsmütze und weist ihrem Begleiter in der Dunkelheit den Weg.

An der Münchner Freiheit herrscht Bombenstimmung, als sie dort ankommen. Menschenmengen wälzen sich durch die Gassen zwischen den Ständen hindurch, und dort, wo es zu essen oder zu trinken gibt, wird es besonders eng. Johnny und Heimo werfen ihr Bares zusammen und kehren an ihren traditionellen Glühweinstand zurück. Heimo hebt seinen Becher: »Prost – auf unseren armen Franzl.« Johnny stößt an: »Prost, dass die Gurgl net verrost't.«

»Dem Franzl müssen heut die Ohren klingeln.« Heimo begutachtet eine kleine Gruppe Frauen, vielleicht sind's auch Weiber, die am Nebenstand trinken, dort, wo der Glühwein überzuckert ist. Er weist Johnny auf die vier Grazien hin, da hat man wenigstens die Auswahl. »Einer geht noch, Johnny?«

»Einer geht noch.« Sie reichen dem Standlbetreiber ihre leeren Becher, auf dass er sie fülle.

»Zum Einladen reicht die Kohle aber nicht mehr«, sagt Heimo mit Blick auf die Frauen.

»Die tschechern sich eh an Voipracka an.« Wiener Slang, er hat ihn nicht ganz verlernt. Sie saufen sich eine volle Pratze an – in der ungenauen Übersetzung. Johnny muss lachen und weiß nicht, warum. Er ist ganz schön antschechert, was er unter anderem daran merkt, dass Heimo noch breiter wirkt, irgendwie doppelt. Melinda, die war genau richtig, ein Kurvenstar, und ein Herz hatte sie, so groß wie das einer Elefantenkuh. Es wird keine mehr geben wie sie, das weiß Johnny genau. Sie war seine bessere Hälfte, und der schlechtere Teil versucht über die Runden zu kommen. Wie Johnny Cash fühlt er sich nur noch, wenn er spielt. Und wenn er trinkt. Manchmal. Bis er in die leere Wohnung kommt. Ihr Foto anschaut, das auf dem Nachttisch steht. Und nach dem Kissen greift und es umarmt, als wär's ein Kurvenstar.

Aus der Gruppe der Frauen tritt eine aus und erbricht neben dem Stand. Das schaut nicht schön aus. »Besoffen«, meint Heimo verächtlich. Weiber, die nicht trinken können, sollten seiner Meinung nach zu Hause bleiben. »Ziehen wir weiter?«

Johnny schüttelt den Kopf. »Bin pleite und blattlweich, Heimo. Ich geh heim. Vielleicht schaffen wir's nächstes Jahr.«

»Ja«, sagt Heimo, »im nächsten Jahr ganz sicher.«

18

Wünsche werden nicht wahr

Anna telefoniert mit ihrer Cousine in Italien und erfährt, dass ihr Großneffe zwei Tage vor Weihnachten anreisen wird. Die Familie hat es eilig, Frederico loszuwerden, und Anna ist klar, warum: der Knabe ist schwul. Das wissen inzwischen alle im Dorf, doch niemand redet darüber. Katholisches Schweigen. Die Familie ist ihr ja so dankbar, dass sie Frederico eine Unterkunft besorgt hat und sich um ihn kümmern will. Als sie anfragten, hatten sie keine großen Hoffnungen auf die Verwandte in München gesetzt. Vor Wochen noch hat Anna es als Zumutung empfunden, doch jetzt freut sie sich beinahe auf den italienischen Zuwachs. Sie wird Frederico und Johnny öfter zum Essen einladen. Ob das Peter nun passt oder nicht.

Dass sie mit Marie über Peter und Valentina geredet hat, war gut. Das Gespräch half ihr, einiges klarer zu sehen. Stolz ist eine Schimäre, die in die Irre führt. Fakt eins: Peter hat sie über zwei Jahrzehnte lang betrogen. Fakt zwei: Sie lieben sich seit sechs Jahrzehnten. Sechs minus zwei macht vier. Fast ein halbes Jahrhundert Liebe, wie könnte sie das wegwerfen aus verletzter Eitelkeit, rasender Eifersucht und heiligem Zorn?

Tu's nicht, meinte Marie. Sie plädierte für Verzeihen. Das hat Anna zunächst erst recht zornig gemacht. Wie kann man dreiundzwanzig Jahre ungeheuerlicher Untreue verzeihen? Peter hatte mit Valentina eine sehr bequeme Geliebte, entweder trieben sie's in ihrer Wohnung oder in seinem Atelier. Dreiundzwanzig Jahre lang, immer, wenn sich die Gelegenheit ergab. Und Anna hat nichts gemerkt. Dass sie so unaufmerksam war, empfindet sie als besonders demütigend. Immer wenn sie daran denkt – und sie kann an nichts anderes denken – könnte sie schreien. Weshalb sie ein paar Schlaftabletten genommen hat, um zu vergessen. Um zu schlafen. Sie wollte sich nicht umbringen, das hat sie Marie auch gesagt. Nur die Gedanken ausschalten für eine Weile. Zur Ruhe kommen.

Marie erzählte ihr in dieser Nacht, dass sie einmal versucht hatte, sich das Leben zu nehmen. Nachdem ihr das Sorgerecht für die Kinder entzogen worden war. Wonach sie sich betrank. Sich von einer Brücke fallen ließ, die nicht hoch genug war, und der Fluss nicht breit genug. Sie konnte ans Ufer schwimmen. Ein paar Wochen später fasste sie den Entschluss, nicht mehr zu trinken und bei ihrem Bruder in Berlin unterzukriechen.

Maries Geschichte hat Anna nicht wirklich überrascht. Dass sie Alkoholikerin ist, ahnte sie schon lange. Dass sie deshalb ihre Familie verloren hat, ist traurig. Aber was zählt das in Anbetracht des Verrats, den Peter begangen hat? Das hat sie ihr natürlich nicht gesagt. Jeder hadert mit seinem Schicksal, als ob es nichts Schlimmeres auf der Welt gäbe. Anna mag Marie, andererseits ist sie ihr egal. Sie hat mit Annas Leben nur am Rande zu tun. Dieses Leben, von dem sie dachte, dass es richtig und wahr sei.

Sie solle nicht in Selbstmitleid waten, sagte Marie, und stattdessen einen Sprung nach vorne wagen. Für die Zukunft planen. Peter zu verlassen sei eine Möglichkeit. Peter zu verzeihen die bessere. Ihn zu konfrontieren die eine. Zu schweigen die andere. Viele Optionen, sie müsse sich nur für eine entscheiden.

»Es gibt noch was anderes«, sagte Anna zu Marie. »Ich gehe ins Krankenhaus und drücke ihm das Kissen auf den Kopf. Bis er tot ist. Danach wäre mir eigentlich am ehesten.«

Marie lachte, doch Anna hat es nicht nur scherzhaft gemeint. So viel Rachsucht ist in ihr, dass sie daran ersticken könnte. Valentina zu ohrfeigen war der reinste Genuss. Sie könnte sie umbringen, doch das wäre zu einfach. Weil Alzheimer Valentina zerstören wird. Noch hat sie ihre lichten Momente, aber das wird sich ändern. Ob sie weiß, warum sie die Ohrfeige bekam? Oder hat sie Peter längst vergessen, ihn im Müll verlorener Gedanken begraben?

Anna hat Marie nachts versprochen, Peter an diesem Vormittag zu besuchen. Sie fährt wieder zu schnell und wird unterwegs geblitzt. Was ihr nichts mehr ausmacht. Wie komisch, dass alles, was wichtig schien, auf einmal vom Bildschirm verschwunden ist. Der Ärger über den Hund, der Peter zu Fall gebracht hat. Die Wut über Valentinas Taubenvergiftungsaktionen. Die Überlegungen, was sie zu Weihnachten kochen und wie sie den Baum dekorieren sollte. All das sind nur noch Seifenblasen im Weltall ihres Schmerzes.

Sie parkt vor dem Krankenhaus ein und touchiert den Wagen vor ihr ganz leicht. Ein leise kratzendes Geräusch von Blech auf Blech. Sie kann keinen Schaden feststellen, hat allerdings ihre Brille zu Hause vergessen, also geht sie einfach weg. Sie friert in ihrem dünnen Mantel, den sie achtlos übergezogen hat. Es ist kalt an diesem Samstag, und der Himmel ist strahlend blau. Eisblau. Der Klang dieser Farbe gefällt ihr. Peter hat treubraune Augen. Was für ein schlechter Witz ist das denn.

Er hasst das Krankenhaus mit jedem Tag ein bisschen mehr. Peter empfängt Anna vorwurfsvoll, und sie erklärt ihm, dass sie krank war, dringend Ruhe brauchte und deshalb das Telefon abgeschaltet habe. Keine wirklich plausible Erklärung, doch er nimmt sie hin, weil es ja doch in erster Linie um seine Befindlichkeiten geht. Er ist in der schlechteren Position, denkt Anna, und jetzt noch mehr von mir abhängig, als er ohnehin schon war. Und er weiß nicht, was sie weiß. Das gibt ihr eine Art Machtgefühl, das gar nichts wert ist. »Was sagen die Ärzte?«

»Morgen wahrscheinlich. Weil meine Werte inzwischen besser sind. Was ist los mit dir, Anna? Du siehst irgendwie komisch aus.«

Wie aufmerksam von ihm, denkt sie und sagt: »Es geht mir nicht so gut. Übrigens hat der potenzielle Käufer angerufen. Er will die Bilder doch nicht haben. Der rote Zyklus gefällt ihm nicht.«

Es gab keinen Käufer, doch jetzt ist Anna nicht mehr bereit, ihm das vorzugaukeln. Soll er doch leiden. Tatsächlich sieht Peter gekränkt aus. »Banause«, sagt er. Der Künstler erträgt Menschen nicht, die sein Werk gering schätzen. Anna bemüht sich um den leichten Ton: »Mach dir nichts draus. Du trennst dich ohnehin so schwer von deinen Babys.«

Er wollte nie Kinder. Auch daraus möchte sie ihm jetzt einen Strick drehen, obwohl sie doch einverstanden war. Hunde oder Katzen ertrug er auch nicht, und für ihre Tierliebe hatte er kein Verständnis. Peter war sich immer selbst genug. Wie er schon daliegt, die weiße Mähne auf dem Kissen verteilt. Die braunen, immer ein wenig feuchten Augen. Der volle Mund – und die tausend Falten im Gesicht. Er ist alt, und sie ist es auch. *Vecchia bertuccia!*

Peter jammert über das Krankenhaus, die Ärzte, das furchtbare Essen. Nur die Schwestern lässt er aus, sie kann sich denken, warum. Seine Worte ziehen an ihr vorbei, während sie nach draußen sieht. Eisblauer Himmel. Im Zimmer ist es viel zu warm. Sie steht auf und öffnet das Fenster.

»Willst du mich umbringen, Anna! Mach es wieder zu!«

Seine Stimme klingt heiser und nörgelnd. Wieso ist in sechzig Jahren immer nur geschehen, was er wollte? Anna, tu dies, tu das, während ich mich meiner Kunst widme. Oder anderen Frauen. *Bastardo!*

»Es ist so stickig hier drin. Soll ich wirklich zumachen?« Sie zögert es hinaus, während er die Decke über den Kopf zieht. Dann schließt sie das Fenster mit einem Seufzer.

Er kommt wieder unter der Decke hervor. »Es sieht so aus, als ob ich dir diese Weihnachten kein Geschenk kaufen kann. Warum suchst du dir nicht ein Bild aus, Anna? Eins, das dir besonders gut gefällt.«

Vielleicht eines, auf dem die Frauen aussehen wie die junge Valentina? *Figlio di puttana.* Anna muss sich beherrschen, um nicht nach dem Kissen zu greifen. Und ihren Mund zu einem verzeihenden Lächeln zu verziehen: »Das macht doch nichts, mein Lieber. Dann feiern wir mal ein Weihnachten ohne Geschenke. Wir haben ja immer noch uns.«

Sie wollte ihm einen Fotoapparat kaufen, den alten hat er irgendwo liegen lassen, als er auf Motivsuche herumstreunte. Aber nein, jetzt nicht mehr.

»Wirst du nicht traurig sein?« Peter greift nach ihrer Hand. Sie zieht sie nicht weg, doch hat Anna das Gefühl, dass ihre Haut zu brennen beginnt.

»Was würde ich nur ohne dich tun, liebste Anna.«

Er nimmt seine Hand zurück, als die Schwester ins Zimmer kommt. Schwestern klopfen nicht an, sie sind die heimlichen Herrscherinnen der Krankenhäuser. Diese ist mittleren Alters und keineswegs attraktiv, doch Anna registriert sehr wohl, dass Peter mit ihr flirtet. Warum nur hat sie das so lange Zeit amüsiert? Weil sie sich so verdammt sicher war. *Porca miseria.*

Die Schwester gibt die Information weiter, dass Peter am nächsten Tag operiert wird. Sie erneuert den Tropf. Mit diesem dummen Lächeln im Gesicht.

»Kann ich dann vor Weihnachten hier raus ...?«

Bloß nicht, denkt Anna.

»Ich glaube nicht«, sagt die Schwester. »Aber wir werden uns um Sie kümmern, Herr Hammer, machen Sie sich keine Sorgen.«

Peter lässt sich in das Kissen zurücksinken. Theatralisch, wie Anna findet. Ihr Herz tut weh. Ein physischer Schmerz. So ein Unsinn, denkt sie, man stirbt doch nicht an Herzschmerz. Oder doch?

»Du kommst doch am Weihnachtsabend her«, sagt Peter, nachdem die Schwester gegangen ist.

Anna versucht, das Ziehen in ihrer linken Brust zu ignorieren. »Natürlich, aber nicht so lange. Ich muss mich um Frederico kümmern, du weißt schon, mein Großneffe, er wird am 22. in München landen. Man kann den armen Kerl ja nicht allein lassen.«

»Mich aber schon?« Ein Vorwurf liegt in seiner Stimme, und nur zu gerne würde Anna ihm jetzt vorwerfen, dass er sie betrogen hat. Aber nein, sie würde an ihren Worten ersticken. Besser die Ahnungslose spielen, das ist schon mal eine Entscheidung. Verlassen kann sie ihn immer noch, wenn sie es nicht mehr aushält. Zurück nach Italien? Zumindest für eine Weile, denkt Anna. In ihrer Verwandtschaft und in ihrem Dorf gibt es viele gute Köchinnen. Sie könnte deren Rezepte aufschreiben und ein Kochbuch herausgeben …

»Anna? Du bist so abwesend, woran denkst du?«

Als ob dich das jemals interessiert hätte. »Ach, an Italien. Vielleicht sollte ich ein paar Wochen nach Hause fahren, wenn es dir wieder besser geht.«

Die Ankündigung, sie sieht es an seinem Gesicht, erschreckt ihn zutiefst.

»Ein paar Wochen? Wie stellst du dir das vor? Ich kann doch nicht alleine …«

Nein, denkt Anna, kannst du nicht. Du kannst dir kein Frühstück machen, und du weißt nicht, wie die Spülmaschine funktioniert. Einkaufen ist auch nicht deins, und morgens lege ich dir immer die Kleidung heraus, die du anziehen sollst. Autofahren hast du nie gelernt, wozu auch, wenn ich dich überallhin chauffiert habe?

Sie lächelt beunruhigend. »Na ja, wir werden sehen. Erst einmal musst du gesund werden.«

Peter greift wieder nach ihrer Hand: »Weil wir davon reden, Anna. Die Operation morgen ... ich bin nicht mehr der Jüngste ... alles ist möglich ... wir müssen darüber reden. Falls mir etwas zustößt. Du bist Alleinerbin. Ich möchte, dass du die Bilder an eine Galerie gibst – oder ein kleines Museum. Oder du machst in dem Atelier eine Art Dauerausstellung. Ich will nicht, dass meine Werke irgendwo in einem Keller lagern. Versprichst du mir das?«

Anna zieht ihre brennende Hand weg. »Es wird nicht einfach sein. Aber ich verspreche dir, dass ich es versuchen werde. Falls ... aber das ist Unsinn, dir wird nichts passieren. Unkraut vergeht nicht.«

»Sehr charmant.« Peter versucht ein Lächeln, das nicht erwidert wird. Und ihre Hand steckt in der Jackentasche. »Aber ich habe noch eine zweite Bitte. Unsere Freundin Valentina ... du weißt ja, wie es um sie steht. Ich möchte, dass du sie zu dir nimmst, sollte ich ... dich zumindest um sie kümmerst. Irgendwann wird sie eine Pflegerin brauchen, aber jemand muss ihr restliches Leben organisieren. Und du bist so wahnsinnig gut darin, Liebste.«

Er hat auf die Uhr an der Wand gesehen, während er sprach. Deshalb entging Peter, wie Annas Gesicht zerfiel. Wie sie mit der Hand nach ihrem Herzen griff. Er sieht sie erst wieder an, als sie vom Stuhl gleitet. Wie in Zeitlupe. Mit weit aufgerissenen Augen und geöffnetem Mund. Sie will etwas sagen, doch es gelingt ihr nicht mehr. Sie liegt am Boden neben dem Bett, und erst jetzt ist er in der Lage, zu reagieren. Er drückt den Klingelknopf, um die Schwester zu rufen. Schreit um Hilfe. Schreit ihren Namen. Anna. Seine große Liebe. Nicht die einzige, aber doch die größte von allen.

19

Die Weihnachtsfeier

Die weihnachtlichen Feste der Firma waren schon mal üppiger, fanden im *Brenner* statt oder im *Bayerischen Hof*. In diesem Jahr wird in den Büroräumen gefeiert, die Sekretärinnen haben die Räume mit Mistel- und Tannenzweigen dekoriert, und auf den Partytischen stehen Teller mit Fingerfood und Keksen. Kein Champagner mehr, sondern Prosecco, Glühwein und Punsch. Für die Nichttrinker gibt es Kinderpunsch und Mineralwasser. Aus dem Computer im großen Konferenzzimmer erklingen Weihnachtslieder aus aller Welt. Die Mitarbeiter der Cateringfirma verteilen rote Weihnachtsmützen an alle, die sich dafür nicht zu blöd sind. Wie Henning Falk, der Chef der PR-Agentur, die er als große, glückliche Familie führen möchte. Mit Weihnachtsmütze.

So gesehen war es Inzest, denkt Sigrid, als sie ihm die Hand schüttelt und für die Einladung dankt. Patrick neben ihr macht einen Witz über Weihnachtsmänner, der mit einem kurzen Lachen belohnt wird. »Sie sehen fabelhaft aus, Sigrid«, sagt Falk, »das Familienleben bekommt Ihnen offenbar.«

Dein Kind und sein Kind sind ein Fulltimejob, sollte sie jetzt sagen. Stattdessen lächelt sie und schüttelt die Hand der Gattin, der fünfzig Prozent der Firma gehören. Gudrun Falk sieht so aus, als wünschte sie sich an einen anderen Ort. Henning Falk liebt die feuchtfröhlichen Betriebsfeste, die er in überwiegend guter Erinnerung hat. Bei der Weihnachtsfeier, die mit Sigrid und Sex auf dem Chefsessel endete, war seine Frau nicht anwesend. Sie lehnt »Verbrüderungsorgien mit dem Personal«, wie sie es nennt, von Herzen ab.

Sigrid wurde zur Weihnachtsfeier als Exmitarbeiterin und auf besonderen Wunsch des Chefs eingeladen. Er war neugierig, wie sein Weihnachtsengerl wohl aussieht, und sie hat den Test bestanden. Schade, dass der Weihnachtssex keine Wiederholung findet. Seine Ehefrau wird sich, so wie er sie kennt, früh verabschieden, aber der gute Patrick bleibt immer bis zum Ende, der lässt keinen Gratisdrink aus. Henning Falk sieht sich im Raum um und fasst eine Praktikantin ins Auge. Sie ist sehr jung, aber andererseits ziemlich appetitlich. Was würde sie nicht alles tun, um nach dem Studium einen Platz in der Agentur zu bekommen. Ja, was?

Falk klopft an sein Weinglas und hält eine kurze, launige Weihnachtsansprache. Die glückliche Familie hat ein Jahr lang hart geschuftet und gute Ergebnisse erzielt. Aber: Es könnte immer noch besser sein, weshalb er für das kommende Jahr die Devise ausgibt, sich noch mehr anzustrengen, die Kreativität an ihren Grenzen auszuloten, das Familienvermögen zu mehren. »Aber jetzt, meine Lieben, darf gefeiert werden. Halt, nein: Erst gibt es die Geschenke vom Weihnachtsmann.«

Frau Falk tritt zur Seite und wünscht sich in die Karibik. Sie denkt, dass Henning mit der Mütze nicht wie der Weihnachtsmann aussieht, sondern wie ein Vollidiot. Sie haben keine Kinder, vielleicht führt er sich deshalb in der Firma wie ein Familienoberhaupt auf.

Die Geschenke für die vierundzwanzig Angestellten sucht er jedes Jahr selbst aus. Und welch kindlichen Spaß es ihm macht, die Päckchen zu verteilen.

»Frohe Weihnachten, liebe Sigrid und lieber Patrick. Kennen Sie den? Sagt eine Blondine zur anderen: ›Dieses Jahr fällt Weihnachten auf einen Freitag.‹ Sagt die andere: ›Aber hoffentlich nicht auf den 13.!‹«

Patrick lacht laut. Sigrid, blond, lacht gequält. Gudrun Falk, platinblond, sieht zu Boden. Dort liegt in ihrer Vorstellung ein Weihnachtsmann, der wie Henning aussieht. Und sie tritt ihn mit ihren Stilettos immer und immer wieder, so lange, bis er tot ist. Dann übernimmt sie die Firma und schafft als Erstes die Weihnachtsfeier ab.

Jede und jeder bekommt ein Geschenk und einen Witz. Alle lachen. Alkohol ist hilfreich, wenn es um Geselligkeit und Fröhlichkeit geht oder darum, über die Scherze des Chefs zu lachen. Wenn es um Gewinnmaximierung geht, hat sein Humor allerdings Grenzen, das ist bekannt. Die meisten freuen sich auf die Weihnachtsfeiertage. Sigrid nicht.

Sie steht neben Patrick und nippt am Punsch, der für ihren Geschmack zu süß ist. Weil sie aber damit angefangen hat, bleibt sie dabei. Die Geschichte ihres Lebens: Sie ist einfach nicht gut im Abspringen. Sigrid fühlt sich wie auf einer Insel, weil sie nicht mehr dazugehört. Warum Falk sie in diesem Jahr eingeladen hat, ist ihr schleierhaft. Ob er was ahnt von seinem Kind? Unwahrscheinlich. Ihre Mutter passt auf Max und Moritz auf, weil es vor Weihnachten schwer ist, Babysitter zu bekommen.

Sigrid auf ihrer Insel fühlt die Blicke der Agenturmädels wie Nadel- bis Messerstiche. Sigibitch, zur Hausfrau und Mutter mutiert, ist nur kurzfristig interessant. Worüber sollte man mit ihr reden? Über den Büroklatsch? Die laufenden Projekte? Wenn eine drei Sätze mit ihr redet, ist es viel. Danach drehen sie ab, um sich einen männlichen Kollegen zu krallen für den Weihnachtsflirt, bevor es nach Hause geht zum Ehemann oder in die Singlewohnung oder zu den Eltern. Im Dezember beneiden die Karrierebitches Frauen wie Sigrid, aber das würden sie nie zugeben. Nur vor sich selbst: Weihnachten ist eine blöde Zeit, um allein zu sein. Die Geschäfte sind geschlossen, selbst das Fitnessstudio hat zu. Wohin nur mit all der Einsamkeit?

Patrick flirtet kurz mit der Praktikantin, die er niedlich findet, dann wendet er sich Gudrun Falk zu, als sie neben ihm auftaucht. Eine imposante Erscheinung, aber alle in der Agentur halten sie für eine Schneekönigin. Arrogant bis in die Zehenspitzen, die in hochhackigen Schuhen stecken. Jeder weiß, dass ihr die Hälfte der Agentur gehört, doch sie lässt sich selten blicken. Die meiste Zeit soll sie in ihrem Haus auf Capri mit einem indischen Yogi verbringen. Fabelhafte Figur, da könnte Sigrid, die viel jünger ist, sich ein Stück abschneiden. Patrick sieht zu seiner Lebensgefährtin, die ein wenig verloren in einer Ecke steht. Ah, jetzt erbarmt sich Henning Falk. Der Mann, der so gerne Witze erzählt. Was er ihm wohl geschenkt hat in diesem Jahr? Im letzten war es eine Golfuhr, weil Patrick mit dem Sport begonnen hatte. Ziemlich teures Teil, das auf dem Platz die Entfernungen zum Loch misst. Die Weihnachtspäckchen sind immer sehr individuell. Mit Liebe und Bedacht ausgesucht. Das sagt er zu Gudrun Falk, um das

Gespräch mit einer Schmeicheleinheit zu beginnen. Sie ist unbeeindruckt.

»Wenn er so weiterisst und -trinkt, sieht er wirklich bald aus wie der Weihnachtsmann«, sagt Gudrun Falk. »Ihre Frau hat auch zugelegt, seit ich sie das letzte Mal sah. Sie sollte mehr Sport treiben. Sagen Sie ihr das.«

Blöde Kuh. Patrick fragt dennoch, wie sein Gegenüber diese körperliche Perfektion erreicht habe, und sie antwortet: »Pilates, Yoga, Joggen, Krafttraining und vegetarische Ernährung. Kein Alkohol.«

Klingt grässlich. »Aha. Und was machen Sie Weihnachten?«

Gudrun Falk denkt, dass es diesen Schnösel nichts angeht. Ihre Stimme kühlt auf Minusgrade ab: »Ich bin auf Capri, und mein Mann wird wohl in unser Haus nach Kitzbühel fahren. Seine Schwester kommt mit ihrer Familie auch dorthin, und dann werden sie Fressorgien veranstalten und dazu trinken bis zum Abwinken. Ich habe es einmal miterleben müssen. Es war die Hölle.«

Patrick sucht nach einer Person, die ihn erlösen könnte. Doch alle, die essen und trinken, halten sich fern von den perfekten fünfzig Prozent der Firma. Schließlich entschuldigt er sich mit einer Floskel und steuert auf Sigrid zu. »Geh ihr bloß aus dem Weg«, flüstert er, »sie friert dich ein.«

Sie küsst ihn auf die Wange und lehnt sich an ihn. Einerseits ist es der Punsch, andererseits will sie den Bitches zeigen, was sie *nicht* haben – die meisten. Es gibt diese Augenblicke, in denen Sigrid das Gefühl hat, im richtigen Leben zu sein. Es dauert an, bis Henning Falk sich zu ihnen stellt.

Er grinst schon etwas betrunken: »Meine Frau hat sich eben verabschiedet. Sie will morgen ganz früh nach Capri aufbrechen. Traditionell verbringen wir Weihnachten getrennt. Ich wünschte, es wäre immer Weihnachten. Haha.«

War das jetzt ein Witz? Patrick fühlt sich gedrängt, die perfekte Erscheinung von Gudrun Falk zu preisen. Sigrid schließt sich an, sie hat selten eine Frau in dem Alter gesehen, die so gut aussieht. Sie schätzt sie auf sechzig plus, und natürlich müssen da auch Chirurgen am Werk gewesen sein.

Kolleginnen und Kollegen mischen das Trio auf. Traditionell scharen sich bei der Weihnachtsfeier die meisten der Anwesenden um den Boss, die Frauen lachen besonders perlend über seine Witze, und die Männer bemühen sich, ihrerseits geistreich aufzufallen. Henning Falk wiederum genießt es, im Mittelpunkt zu stehen und die fröhliche Schar anzuleiten, deren Existenz von seiner Person abhängt. Gewissermaßen.

Nur die Praktikantin steht abseits und flirtet mit dem jüngsten Mitarbeiter, der zum ersten Mal eine Weihnachtsfeier mitmacht. Der wird es hier schwer haben, denkt Patrick. Neben beruflichen Qualifikationen sind der Betriebsausflug und die Weihnachtsfeier Meilensteine der Karriere im kleinen Imperium des Weihnachtsmannes. Patrick hat das sehr schnell begriffen, und Sigrid wohl auch. Sie hätte es weit gebracht in der Firma, wenn sie nicht schwanger geworden wäre. Andererseits: Paare sollten nicht zusammenarbeiten. Ihr Platz ist jetzt zu Hause, bei den Kindern. Wenn beide in der Schule sind, kann man ja über einen Halbtagsjob nachdenken. Aber wozu jetzt darüber grübeln? Prost! Hoch die Tassen. Und nun singen alle mit dem Chef *O du fröhliche*, die Stunde des Schunkelns ist gekommen.

Später, lang nach Mitternacht, als viele schon gegangen sind, die Praktikantin knutschend in der Ecke sitzt und ihr Schicksal in diesem Laden besiegelt, als nur noch die standfesten Trinker sowie ein Abstinenzler, der heimlich Wasser säuft, dem Chef Gesellschaft leisten, sitzt dieser in seinem Büro und zählt die Häupter seiner Lieben. Es sind ihrer noch fünf, die Knutschenden ignoriert er, ihre Bestrafung wird folgen. Aus seinem Kühlschrank hat er den teuren Champagner geholt, als Belohnung für die treue, trinkfeste Schar.

Henning Falk ist angemessen betrunken, oder auch unangemessen, jedenfalls hat er jede Mitarbeiterin mit Ausnahme der Praktikantin unter einem Mistelzweig geküsst. Anfangs keusch, später dann nicht mehr, bis eine Angestellte auf die Idee kam, die Mistelzweige zu entfernen, während er auf der Toilette war. Sie liegen jetzt auf dem Boden verstreut.

Sigrid hängt über der Kloschüssel, ihr ist schlecht von dem verdammten Punsch, den sie wie Saft getrunken hat. Um Mitternacht rief sie ihre Mutter an und bat sie, bei ihnen zu übernachten. Weil es doch um Patricks Standing in der Firma gehe. Red nicht so g'schwollen daher, sagte ihre Mutter, versprach zu bleiben und legte auf. Immerhin kann ich morgen ausschlafen, wenn sie da ist, denkt Sigrid. Sie findet ihre Mutter ziemlich gewöhnlich und oft peinlich, aber sie ist nützlich. Oh Gott, sie ist sogar zu müde zum Erbrechen. Nur mal den Kopf ablegen auf dem Klodeckel, die Augen zumachen …

Henning hat Patrick das Du angeboten und eine Beförderung zum Abteilungsleiter in Aussicht gestellt. Sie trinken den Champagner abwechselnd aus der Flasche, es gibt mehr als eine im Kühlschrank. »Woissseintlichdeinesüße?«, fragt Henning irgendwann. Patrick weiß es nicht, mutmaßt: auf der Toilette.

»Eineganssüße. Unser Weihnachtsenglll.« Er nimmt seine Mütze ab und setzt sie Patrick auf. »Wie viel Kinder jetzt?«

»Zwei. Max und Moritz.«

Das ist so witzig, dass die Runde in schallendes Gelächter ausbricht. Henning zeigt mit dem Finger auf Patrick. »Wann issss Max gedingst … herausgekommen … aus der … duweissschon … Sigrid! Wo ist die überhaups …?«

Keine Ahnung. Patrick beschließt, sie zu suchen. Er kann noch ziemlich klar denken und relativ klar sprechen, obwohl er betrunken ist. »Der Max ist am 23. September zur Welt gekommen.«

»Ach«, sagt Henning Falk. Er sieht plötzlich aus, als habe er den Weihnachtsmann gesehen, setzt zum Reden an und schweigt dann. Führt stattdessen die Flasche an den Mund.

Das »Ach« gibt Patrick zu denken, als er aufsteht und sich auf den Weg macht, seine Frau zu suchen. Er hat Betriebswirtschaft studiert. Er kann rechnen.

20

Zimt und Nelken

Kurz vor Weihnachten lodert die Konsumhölle. Sie war eine Woche lang nicht mehr bei den AA-Treffen oder beim Boxtraining. Die Küche ist heiß und riecht nach Gewürzorgien. Marie backt. So viel Weihnachtsgebäck kann sie gar nicht herstellen, wie sie verkaufen könnte. Die Kekse gehen meist noch am selben Tag weg, und dann steht sie nachts wieder in der Küche. Absolute Renner sind die Kokos-Kirsch-Makronen und die Orangen-Nelken-Marzipan-Kugeln, gefolgt von Nusskipferln und Zimt-Schokolade-Sternen.

Auch ihre Haare riechen nach Zimt und Nelken, und die Küche sieht aus wie ein Schlachtfeld. Wenn sie Fee nicht hätte, würde sie regelrecht absaufen. Falsches Wort. Sie würde es nicht schaffen mit dem Laden und der Weihnachtsbäckerei, dem Kochen und Einkaufen und Bedienen. Ein Glück, dass Fee angeboten hat, in ihren nun beginnenden Weihnachtsferien im *Deli* auszuhelfen. Für zehn Euro die Stunde. Sie kann zwar nicht backen oder kochen, doch sie bedient im Laden und kann für eine Sechzehnjährige erstaunlich gut mit Kunden umgehen. Sie ist clever, liebenswürdig, wenn es sein muss, ziemlich selbstbewusst – und furchtbar leicht aus dem Gleichgewicht zu bringen. Der wandelnde Widerspruch in der Hüpfburg der Hormone.

Ob Lena ähnlich ist? Ihre Tochter ist so alt wie Fee, und Marie hat keine Ahnung, wie sie ist. Natürlich muss sie sich verändert haben vom Kind zur Halbfrau. Ob sie Lena überhaupt erkennen würde auf der Straße? Und umgekehrt?

Marie kämpft wie immer und besonders in dieser Zeit mit Gefühlen wie Verlust, Reue, Scham. Die Vergangenheit, die sich nicht wegdenken, wegreden, wegbacken lässt. Die sich in Träume schiebt und die Gegenwart schreddert.

Gefühle nicht unterdrücken, sondern zulassen, sagen sie in der Gruppe. Es sagt sich leicht. Sie weiß aber auch, dass es vielen ähnlich geht wie ihr. Variationen der Selbstzerstörung. Die meisten haben ihre Partner, ihre Familie durch den Suff verloren. Sie ist ja kein Einzelschicksal. Sie muss lernen, sich zu vergeben. Wie nur?

Noch vier Tage bis Weihnachten, und Marie hat sich immer noch nicht entscheiden können, was sie mit den freien Tagen anfangen soll. Nichts am besten. Lange schlafen, lesen, fernsehen. Meditieren gegen böse Gefühle. Sie ist noch am Anfang ihrer Yogalaufbahn, und Marie glaubt nicht, dass sie in ferner Zukunft schweben wird. Aber es ist schon wohltuend, sich darauf zu konzentrieren, an nichts zu denken. Ins Nichts zu schauen und in einer Position regungslos zu sitzen, bis es schmerzt.

Fee ruft aus dem Laden, dass Anna gekommen sei, und Marie wischt sich ihre teigigen Finger am Geschirrtuch ab. Auch der Laden riecht nach dem Tagesgericht – Lammcurry – und Weihnachtsbäckerei, Marie hat sich längst an alle Gerüche gewöhnt. Sie umarmt Anna, die vor dem Regal mit kulinarischen Weihnachtsgeschenken steht. »Wo warst du gestern? Bist du im Krankenhaus geblieben? Wie geht es Peter?«

Anna löst sich aus der Umarmung und setzt sich auf den nächsten freien Stuhl. Erst jetzt fällt Marie auf, dass sie schlecht aussieht, bleich und müde. »Kann ich dir was bringen? Ein Glas Sekt, eine Suppe, etwas Süßes?«

»Zu viele Fragen auf einmal«, sagt Anna. »Bring mir ein Glas Sekt meinetwegen und ein paar Kekse. Peter ist gestern operiert worden, ihm geht es den Umständen entsprechend gut, behaupten die Ärzte. Ich hatte einen kleinen Schwächeanfall, vorgestern. Sie haben mich durchgecheckt und zwei Nächte dabehalten, aber nichts gefunden. Mein Herz und alles andere sind für mein Alter *molto bene*. Wenn das nicht gute Nachrichten sind.«

Marie stellt ihr das Gewünschte hin. »Natürlich sind das gute Nachrichten. Aber du musst dich jetzt mal schonen, Anna. An dich denken.« Sie schnuppert und schreit »verdammt«, bevor sie in die Küche läuft und die Herdtür öffnet. Es war keine Rettung in letzter Minute, die Nusskipferln sind beinahe verbrannt, so kann sie sie nicht verkaufen, allenfalls verschenken. Sie hat vergessen, den Backwecker zu stellen. Sie ist überarbeitet und braucht dringend mehr Schlaf. Sie wird definitiv keinen ihrer Brüder besuchen, sondern allein in München bleiben. Sie will schlafen, einfach nur schlafen.

Nach dem Mittagsgeschäft schickt sie Fee für zwei Stunden weg und setzt sich zu Anna mit einer Tasse starken Espresso. »Willst du wirklich nichts essen?«

»Nein. Mir ist der Appetit vergangen. Weißt du, worum Peter mich bat vor der OP? Du würdest nie drauf kommen: Falls ihm was zustößt, soll ich mich um Valentina kümmern. Weil ich doch so praktisch und organisiert bin. Ich schwör's dir, das hat er gesagt. Danach bin ich vom Stuhl gefallen.«

Marie findet das beinahe komisch, wagt aber nicht zu lachen. »Er hat es überlebt, also ist die Bitte hinfällig.«

Anna schnauft vor Empörung: »Darum geht es doch nicht. Wie kann er es wagen, mir seine langjährige, inzwischen demente Geliebte zur Pflege anzudienen? Ich glaube, ich bin vor lauter Wut ohnmächtig geworden. Ein Nervenzusammenbruch! Und wenn sie jetzt zur Tür reinkommt, kriegt sie noch eine Ohrfeige. Oder zwei.«

Valentina ist zum Arzt gegangen, und Marie hofft, dass sie nicht zurückkommt, solange Anna im *Deli* sitzt. Was für ein Schlamassel, und das vor Weihnachten und bei einem Paar, das Marie so bewundert hat. Sie versucht es mit einem Themawechsel: »Dein Verwandter kommt doch übermorgen. Johnny hat das Zimmer hergerichtet, sagt er. Aber du solltest trotzdem nachschauen.«

»So gesehen könnte Frederico auch bei uns wohnen.« Anna hält Marie ihr Glas hin.

Marie schenkt nach. »Das kannst du nicht machen, zumindest jetzt noch nicht. Johnny rechnet mit dem Geld.«

Anna isst Makronen und denkt, dass ihre besser wären. Nur hat sie keine gebacken vor lauter Zorn. »Na ja, ich hätt auch nicht gern einen Italiener in der Wohnung. Sie sind meistens laut, unordentlich und singen unter der Dusche. Jedenfalls die, die ich kenne.«

»Frederico wird sicher gut mit Johnny auskommen.« Marie hat keine Ahnung, wovon sie redet. Manchmal müssen Phrasen die Stille füllen. Das Unausgesprochene kann so verdammt schmerzhaft sein.

»War Luis heute da?« Anna hält ihr den leeren Teller hin: »Und hast du noch anderes Gebäck?«

»Ich habe Luis seit zwei Tagen nicht gesehen. Warum fragst du?«

»Er hat doch ein Pantscherl mit der Sissy. Und außerdem hat er mich vor ein paar Tagen um Geld angepumpt. Angeblich ist sein Vermögen irgendwie festgelegt, und er kommt grade nicht ran.«

Marie stellt ihr einen Teller mit den halb verbrannten Nusskipferln hin. Anna schaut skeptisch: »Müssen die so aussehen?«

»Nein. Aber ich habe keine anderen mehr. Ich muss heute Nacht wieder backen. Wie viel wollte er von dir?«

»Zweitausend. Dafür wollte er mir nach Weihnachten zweitausendfünfhundert zurückgeben. Schon komisch, oder?«

»Ich würde ihm nichts geben.« Marie hat sich noch einen Espresso mitgebracht und probiert von den dunkelbraunen Kipferln. Sie schmecken gar nicht so schlecht. Flambiert.

Anna kostet ebenfalls und scheint der gleichen Meinung zu sein. »Werd ich auch nicht, wie komm ich dazu. Außerdem habe ich im Moment andere Sorgen als diesen … was immer er ist.«

»Arzt? Angeblich hat er in Harvard studiert. Und du meinst wirklich, er hat was mit Sissy?«

»Ich hab ihn bei ihr rauskommen sehen zu einer fatalen Zeit. Sie hat mich kaum gegrüßt, so peinlich war ihr das.«

Marie denkt, dass dieses Haus wenige Geheimnisse zulässt. Fee erzählt alle möglichen Geschichten über ihre Eltern, zum Beispiel, dass ihre pflanzenverrückte Mutter Marihuana züchte. Valentina klagt, dass sich ihre Nachbarn Sigrid und Patrick oft anschrien, und zwar so lange, bis eins der Kinder plärre. Johnny erzählt, dass Penny und Anton häufig lautstarken Sex hätten, wogegen er mit einer elektrischen Gitarre anspiele. Und jetzt Sissy! Jeder weiß, dass sie auf der Suche nach einem Partner ist. Aber ausgerechnet Luis? Wie alle anderen im *Deli* begegnet Marie seinen zauberhaften Geschichten mit Skepsis.

Anna legt zehn Euro auf den Tisch. »Ich muss mich mal hinlegen, ich bin total erschöpft. Vielleicht komm ich später noch mal vorbei … nun schau nicht so sorgenvoll. Ich werde mich nicht umbringen, Marie. Ich bin katholisch erzogen.«

Marie nimmt ihren Arm, als sie aufsteht. »Soll ich dich nach oben bringen?«

»Nein. Ich bin doch keine alte Frau. Oder doch? Ich verrate dir noch meine neueste Erkenntnis:

Kein Mann ist es wert, dass man sich seinetwegen umbringt.«

»Find ich auch.« Marie hält ihr die Tür auf und hofft, dass jetzt ein paar Minuten Ruhe herrscht im *Deli*. Kein Gast mehr. Zeit, eine Zigarette zu rauchen. Sie holt eine Packung und Streichhölzer aus der Schublade mit den Quittungen. Will nach draußen gehen. Da sieht sie eine Gestalt, die am Schaufenster steht. Regungslos. Braune, lange Haare, sehr dünn, sehr groß. »Lena«, formt Maries Mund. Sie kann ihre Füße nicht bewegen, obwohl ihr Gehirn genau das befiehlt. Es muss Lena sein! Ihre Tochter. Was soll sie ihr sagen, draußen vor der Tür?

Marie schafft es. Einen Schritt, zwei. Ihre rechte Hand legt sich auf den Türknauf. Öffnet die Tür. »Hallo, Lena«, sagt sie mit fremder Stimme. »Magst du Nusskipferln? Sie sind nur ein bisschen verbrannt.«

21

Der Baum der Erkenntnis

Sigrid schiebt den Buggy mit Moritz, während Patrick mit Max an der Hand vorausgeht. Es ist schwierig, Kinderwagen durch Schneematsch zu manövrieren. In der Nacht hat es geschneit, doch der Boden ist zu warm und verwandelt das Weiß in wässriges Braun. Winterekelwetter, an dem Max Gefallen findet, weil der Schnee beim Gehen so schön quatscht. Sie sind unterwegs zum Elisabethmarkt, um einen Weihnachtsbaum zu kaufen, zu spät, wie Sigrid glaubt. Patrick ist der Meinung, dass man bis kurz vor Verkaufsschluss an Heiligabend warten sollte, um ein Schnäppchen zu machen.

»Dann ist nur noch der Schrott übrig«, sagte Sigrid. »Aber dafür billig«, erwiderte ihr Mann, der Schnäppchenjäger. Ihr Lebensgefährte, um genau zu sein. Seit der Weihnachtsfeier in der Firma, die sie mit einem gewaltigen Kater büßte, benimmt sich Patrick seltsam. Lange Blicke, bedeutungsvolles Schweigen, das passt nicht zu ihm. Als er sie am Ende der Weihnachtsfeier schlafend in der Toilette fand, fragte er sie irgendwas, doch sie war so weg und betrunken, dass sie sowohl seine Frage wie auch ihre Antwort vergessen hat. Ein Filmriss zieht sich über die letzte Stunde der Weihnachtsfeier. Hat sie was angestellt? Etwa den Boss geküsst unter einem dieser blöden Mistelzweige? Sigrid weiß es nicht mehr, gerade das ist ja so beunruhigend.

An der roten Ampel an der *Schauburg* holt sie die beiden Männer ein. Max zappelt an der Hand seines Vaters. »Woher kommen die Christbäume?«

»Aus dem Wald.« Sigrid deckt Moritz zu, der sich freigestrampelt hat.

»Geniale Antwort«, sagt Patrick und wirft ihr wieder einen dieser komischen Blicke zu. Zu Max: »Die meisten kommen aus dem Sauerland, aus Niedersachsen und Dänemark. Weißt du, dass vor Weihnachten fast fünfundzwanzig Millionen Bäume allein in Deutschland gekauft werden?«

»Wahnsinn«, sagt Max, der keine Ahnung hat, wovon sein Vater redet. Er ist aufgeregt, weil Weihnachten das absolut Größte ist, das er sich vorstellen kann. »Wann kommt das Christkind endlich?«

»Wenn wir einen geschmückten Baum haben und alle ganz brav waren.«

Warum sieht Patrick sie an? Weil sie nicht brav war?

Die Ampel schaltet auf Grün. Sigrid gibt Moritz, der aufgewacht ist und seinen Mund gerade zum Schreien öffnet, seinen Schnuller. Es sind viele Menschen unterwegs an diesem Samstagvormittag, doch Mütter mit Kinderwagen haben Vorrang vor allen anderen Fußgängern. Das ungeschriebene Gesetz der Straße, das nur von Kamikazeradfahrern gebrochen wird. Im Winter sind es deutlich weniger.

Auf dem Markt sind seit Wochen schon Bäume aufgereiht – Nordmanntannen, Blautannen und Fichten in allen Größen. Max läuft auf den größten zu, ist ja klar.

»Nordmanntannen sind pestizidbehaftet«, sagt Sigrid. Sie hat sich im Internet schlaugemacht und plädiert für eine Biotanne.

»Die sind noch teurer. Die Kinder essen den Baum ja nicht.« Patrick steuert auf ein Exemplar mittlerer Größe zu. Eine Nordmanntanne, nach Auskunft des Verkäufers für vierzig Euro zu haben. Max sagt, dass er einen großen Baum will, und Moritz schreit, weil er seinen Schnuller verloren hat. Das Gedränge ist groß, doch Patrick fragt sich von einem Stand zum nächsten durch, um am Ende festzustellen, dass alle das Gleiche verlangen. Überraschend ist das nicht, doch es ärgert ihn. »Die machen hier kollektiv Schwabing-Preise. Wir sollten rausfahren aufs Land, da kosten die Bäume die Hälfte.«

»Dafür hast du Benzinkosten«, sagt Sigrid. »Lass uns doch einfach irgendeinen nehmen und nach Hause tragen. Aber keine Nordmanntanne, bitte.«

»Jetzt stell dich nicht so an. Du bist ja sonst auch keine Biotante. Kaufst Fleisch im Supermarkt.«

»Biofleisch, Patrick. Und Biogemüse, das gibt es alles schon im Supermarkt. Schließlich will ich, dass unsere Kinder gesund aufwachsen.«

»Mit Pizza? Oh, entschuldige: Biopizza.« Patrick neigt sich zu Max, der ihm etwas ins Ohr flüstert. »Dein Sohn sagt, dass es oft Pizza gibt, wenn ich nicht da bin. Weil Mama zu faul zum Kochen ist.«

Max sieht Mama aus großen Kinderaugen an, während er in der Nase bohrt. Sie nimmt seine Hand und sagt streng »aufhören, das gehört sich nicht.« Am liebsten würde sie ihm eine scheuern, aber das gehört sich auch nicht. »Stimmt ja gar nicht, Pizza gibt es nur in Notfällen. Was ist jetzt mit dem Baum?«

»Ich hab Hunger«, sagt Max. Moritz kräht, weil er vermutlich auch hungrig ist. Sie holt sein Fläschchen aus dem Netz und gibt es ihm.

»Ich will eine Wurst.« Max zeigt auf die Metzgerei und stampft mit dem Fuss auf. Eine neue Variante seiner Nein-Phase. »Später«, sagt sie, doch Patrick steuert schon auf den Laden zu.

»Die Biometzgerei ist woanders«, ruft Sigrid hinterher.

Patrick ignoriert sie, also folgt sie den beiden mit dem Buggy und wartet vor der Böses-Fleisch-Bude. Keiner fragt sie, ob sie auch etwas möchte. Will sie nicht, aber sie könnten ja fragen. Moritz nuckelt an seiner Flasche, immerhin ist an dieser Front Ruhe. Noch.

Sie kommen mit Leberkässemmeln zurück. »Und was ist jetzt mit dem Baum?«

»Ich fahre morgen aufs Land und hole einen.« Patrick spricht mit vollem Mund. Tolles Vorbild, denkt sie, sagt aber nichts. »Und wie willst du den transportieren?«

»Ich binde ihn aufs Auto, ganz einfach. Und jetzt hör auf mich zu nerven. Musst du noch einkaufen?«

»Ja, sicher. Es wäre toll, wenn du mit den Jungs nach Hause gehst, dann kann ich das in Ruhe tun.«

Patrick sieht sie wieder an, als wolle er in ihrem Hirn herumwühlen.

»Oh ja, Papa«, schreit Max. Mit vollem Mund.

»Na gut.« Er sagt Max, dass er den Buggy schieben solle, was dieser ganz spannend findet. »Aber bleib nicht zu lange. Vielleicht schauen wir noch auf einen Sprung bei Marie rein.«

Schlangen vor der Biometzgerei, dem Käseladen, der Bäckerei, dem Fischladen und dem Obststand. Die Leute kaufen, als ob dies das letzte Weihnachten sei und danach der Weltuntergang käme. Während sie sich einreiht und ungeduldig an einem Fingernagel kaut, denkt Sigrid daran, dass dieses Weihnachten ganz besonders grausig wird. Nach langer Diskussion haben sie und Patrick sich darauf geeinigt, sowohl ihre Mutter wie auch seine Eltern an Heiligabend einzuladen. Zum zweiten Mal, seit sie zusammengezogen sind, treffen die Schwiegereltern an Weihnachten aufeinander.

An das erste Mal kann Sigrid sich noch lebhaft erinnern. Patricks Vater trank ausgiebig von dem Rotwein, den er mitgebracht hatte, und erzählte Golfgeschichten, die keinen interessierten. Max, drei Monate alt, schrie oder schlief. Patricks Mutter, auf irgendeinem Pillentrip, machte sich einen Spaß daraus, Sigrids Mutter vorzuführen, indem sie ihr tückische Fragen stellte. »Wie fanden Sie die letzte Aufführung von *Turandot*? Meinen Sie nicht auch, dass die Gesundheitsreform rein gar nichts gebracht hat?« Und so weiter. Sigrids Mutter, relativ bildungsfern, aber keineswegs dumm, versank in böses Schweigen und trank mit Patricks Vater um die Wette.

Patrick bemühte sich um Schadensbegrenzung, während Sigrid zwischen Küche und Esszimmer hin- und herlief und Schwiegereltern, Babys und Weihnachten verfluchte. Um Mitternacht war der Spuk vorbei, und sie fütterte Max, während Patrick schmutziges Geschirr in die Spülmaschine stellte. Danach hatten sie Sex, und Patrick fand es unverzeihlich, dass sie mittendrin einschlief.

Für den 24. bestellt Sigrid ein großes Stück Roastbeef, damit sind Patrick und seine Eltern bedient. Für ihre Mutter wird sie Gemüse und einen Kartoffelauflauf machen. Die Cumberlandsauce ist bei Marie geordert, der Nachtisch, ein Cherry-Trifle, auch. Vorneweg gibt es geräucherten Lachs, den sie im Fischladen kauft. Und an ihren harten Zimtsternen und Vanillekipferln können sich ihretwegen alle die Zähne ausbeißen.

Was noch fehlt im Weihnachtswunderland, ist ein Geschenk für Patricks Eltern. Typisch, dass er es ihr überlässt. Sie hat ja Zeit, ist ja nur Hausfrau. Sie wird sich am Nachmittag vor den Computer setzen und nach etwas Passendem surfen. Ein Golfbuch für den Doktor und eine klassische CD für die Apothekerin, man liefert noch rechtzeitig vor dem Fest. Auch alle anderen Geschenke hat sie übers Internet erworben. Nur den Hund nicht, den Max sich wünschte. Es gibt keinen Hund, dafür einen Computer, diverse Spiele, ein Snowboard und noch ein paar Kleinigkeiten. Patrick bekommt eine Golftasche, und ihre Mutter einen Gutschein für ein Wellnesswochenende in Bayern. Moritz kriegt einen Plüschbären, ihm ist Weihnachten noch egal. Man kann, das fällt ihr jetzt erst ein, auch Weihnachtsbäume im Internet bestellen.

Als sie mit zwei Einkaufstüten zum *Deli* kommt, sieht sie Patrick mit den Kindern. Moritz hat er auf dem Schoß, und Max beschäftigt sich mit Maries Keksen. Sigrid stellt die Tüten im Flur ab und bringt die *Internationale* zum Klingen. Ein Glas Wein ist genau das, was sie jetzt braucht, um sich von dem Einkaufsstress zu erholen. Patrick hat schon einen Roten vor sich stehen, und Marie bringt ihr ungefragt auch ein Glas. »Wie schaut es draußen aus?«

»Frag lieber nicht.« Sigrid hebt ihr Glas, um mit Patrick anzustoßen. Sie sieht in seine Augen. Da ist wieder dieser Blick. Fragend. Forschend. Und jetzt, in diesem Augenblick, fällt ihr ein, was er sie auf der Toilette gefragt hat, nachdem er sie unsanft gerüttelt und aufgeweckt hatte. Er fragte: »Ist Max überhaupt von mir?«

Sigrid kann sich sogar an ihre Antwort erinnern. »Türlich.« Sie war schläfrig und betrunken, doch immer noch zur Lüge fähig. Diese Lüge wächst über sie hinaus. Sigrid lächelt Patrick an. Sie wird daran festhalten, solange sie kann. Denn nichts ist gefährlicher als die Wahrheit.

22

Wir sind alle keine Engel

Sie haben alle aus den Betten geholt, außer den Siechen, die auch mit Rollstühlen oder Kopfstützen nicht mehr in Form zu bringen sind. Die Weihnachtsfeier im Seniorenheim geht schon am 22. Dezember über die Bühne, damit das Personal an Heiligabend nur Notdienst schieben muss. Im Übrigen nimmt die Heimleitung an, dass die meisten Alten den Kalender sowieso nicht mehr im Blick haben.

Klara schon. Sie sitzt seit der verpfuschten Hüftoperation im Rollstuhl, sieht schlecht und hört auch nicht mehr so gut wie früher, doch ihr Hirn arbeitet einwandfrei. »Christus musste wenigstens nicht ins Altersheim, da ist ihm viel erspart geblieben«, sagt Klara zu Manni, die sie in den Speisesaal schiebt. Manni – kurz für Manuela – ist ihre Lieblingsseniorenbetreuerin, schon deshalb, weil sie nicht in dieser Babysprache mit ihr redet, die Pflegerinnen sonst draufhaben. Manni ist gepierct und tätowiert, wobei der Totenkopf auf ihrem Unterarm recht gut ins Ambiente passt.

»Sie sind ein böses altes Weib und werden in der Hölle schmoren«, flüstert Manni Klara zu, während sie den Rollstuhl zum Platz an der langen Tafel schiebt, an der etwa tausend Jahre versammelt sind. Die Direktorin steht auf der kleinen Bühne, die mit Tannenzweigen und einem schiefen Weihnachtsbaum geschmückt ist, und beobachtet das Treiben im

Speisesaal. »Alle brav hinsetzen«, sagt sie ins Mikrofon. »Und die Hand heben, wenn jemand zur Toilette muss und Hilfe braucht. Und ich wünsche uns allen einen wunderschönen Weihnachtsabend im Engelsstift.«

Klara hasst die Direktorin aus ganzem Herzen. »Wir machen uns alle brav in die Hose«, sagt sie zu Manni. Ilse, zweiundachtzig, die neben ihr sitzt, greift nach Mannis entblößter Hand und zwitschert: »Wie schön – ein Weihnachtsengel.«

»Es ist ein Totenkopf, du Dussel«, sagt Klara. Ilse lächelt verständnislos, weil sie schlecht hört und ihr Hörgerät ständig verlegt. Immerhin lässt sie Mannis Hand los und nimmt vom Punsch, der zur Feier des Tages gereicht wird. Alkoholfrei allerdings, man will die armen Alten nicht noch instabiler machen, als sie ohnehin schon sind.

Klara greift nach der kleinen Rumflasche im Geheimfach ihres Rollstuhls. Der Flachmann ist der letzte Mann in ihrem Leben, dafür liebt sie ihn ohne Vorbehalte. Manni stellt sich so, dass Klaras Aktion den Blicken der Direktorin verborgen bleibt. Dann bindet sie Max, der an Klaras anderer Seite sitzt, sein Lätzchen um. Ausnahmsweise darf Max, einst ein angesehener Chirurg, bei Tisch sitzen, obwohl sie es oft ökonomischer finden, ihn an den Nahrungstropf zu hängen. Max kleckert, meckert, randaliert auch manchmal. Er ist nicht mehr ganz dicht, doch in seinen hellen Augenblicken ein amüsanter Erzähler. Findet Klara. Die Latte hängt nicht mehr sehr hoch.

Wie in jedem Jahr besucht eine Stadträtin die Weihnachtsfeier, begrüßt das Volk, spricht davon, wie viel ihre Partei für die »lieben Seniorinnen und Senioren« tut, und setzt sich dann mit an die Tafel rechts von der Direktorin. Zur Feier des Tages gibt es Hühnersuppe mit Nockerln, Rostbraten mit Püree und Erbsen sowie Pudding, alles recht weich gekocht, damit die betagten Gebisse nicht überstrapaziert werden. Auf den Tischen liegen neben Tannenzweigen und Teelichtern Kekse und Christstollen von Aldi. Ilse stopft Gebäck in ihre Jackentasche. Sie hortet Essen auf ihrem Zimmer. Das ist zwar verboten, doch schafft sie es immer wieder, etwas aus dem Speisesaal zu schmuggeln. In Ilses Zimmer riecht es manchmal komisch, weshalb Klara stets zum Fenster rollt und es mithilfe eines Hebels öffnet. Sie schlägt sachte auf Ilses Hand, die sich wieder dem Kekssteller nähert. »Aufhören, du altes Kamel. Lass was für die anderen übrig.«

Ilse hat Angst zu verhungern. Doch Klara sagt, dass man auch an dem Fraß sterben könnte, der im Engelsstift serviert wird. Von Ekel geschüttelt seitlich ins Grab rutschen. Alles ist weich, matschfarben und geschmacklos. Klara, die zu ihren besten Zeiten eine fast so gute Köchin war wie ihre Schwester Anna, hat sogar schon mal einen Hungerstreik begonnen, dem sich allerdings niemand anschließen wollte. So hat sie sich den letzten Akt ihres Auftritts auf Erden wirklich nicht vorgestellt. Sabbernde, vor sich hin stierende, Futter in sich hineinschaufelnde, maßlos traurige Figuren. Überwiegend. So sieht Klara die Gesellschaft, in der sie sich befindet. Letzte Station vor dem Endziel. Alle aussteigen, bitte!

Als sie nicht mehr laufen konnte, musste sie aus der Wohnung raus. Mann auf dem Friedhof, Sohn in Amerika. Ihre Schwester Anna hatte auch keine

Lust, Klara zu sich zu nehmen. Sie hat sie nicht einmal besucht, seit Klara im Engelsstift ist. Der Sohn kam zumindest zweimal angereist, brachte seinen Lebenspartner mit, schaute ständig auf die Uhr und hinterließ Blumen und Pralinen. Von ihm ist nicht viel zu erwarten, und von ihrer Schwester auch nicht. Also hat sich Klara damit abgefunden, an diesem traurigen Ort zu enden. Das Einzige, das sie noch entscheiden kann, ist das Wie und Wann.

Vor dem Pudding hält die Direktorin eine Weihnachtsansprache, in der sie vor allem sich und das aufopferungsvolle Personal lobt. Manni zwinkert Klara von Weitem zu. Dann singen alle *O du fröhliche*, die Direktorin am lautesten. Jeden Donnerstag gibt sie einen Liederabend, zu dem die Alten zitiert werden, die noch kreuchen und fleuchen können. Die Schwerhörigen sind glücklich zu preisen und applaudieren am lautesten.

»Sie singt uns alle ins Grab«, sagt Klara zu Manni und erfindet Krankheiten, um sich vor der singenden Direktorin zu schützen. Am vergangenen Donnerstag ist Albert verschieden. Herzversagen. Klara nimmt an, dass er sich die Weihnachtsfeier ersparen wollte. Er hat's hinter sich gebracht, der gute Albert. War ein Hypochonder vor dem Herrn, aber ein begnadeter Pianist. Hatte in seinem Zimmer ein Klavier stehen und durfte dreimal die Woche je eine Stunde spielen. Klara hat ihm gerne zugehört. Sie wird ihn vermissen, und er wollte ihr doch Klavierstunden geben …

Ilse plappert mit Max über die Weihnachtsfeiern der letzten fünfzig Jahre. Mit vollem Mund spricht man nicht, denkt Klara, und was gegen Ende noch auf der Strecke bleibt, sind die guten Manieren. Nun applaudieren alle, weil eine der Pflegerinnen, als Weihnachtsengel verkleidet, die Kerzen des Baums entzündet. Er ist mit rotem Plastikschmuck behängt, nur eine weitere ästhetische Niederung in Klaras Augen.

»Stille Nacht, heilige Nacht«, singt die Direktorin, obwohl es noch gar nicht so weit ist. Dann verteilt der Weihnachtsengel mit dem Damenschnurrbart kleine Päckchen an die Senioren. Frohe Weihnachten, und wie sich die alten Kinder darüber freuen, obwohl sie doch wissen müssten, dass Kekse und Schokolade und ein billiger Weihnachtsengel in dem Präsent sind – wie jedes Jahr eben.

Als alle ihre Päckchen geöffnet und sich über die Geschenke gefreut haben, wird der Pudding serviert. Mit Sahnehäubchen. Ilse stößt entzückte Schreie aus: »Genau wie bei uns zu Hause, nur gab es die Sahne zum Karpfen.«

Max, der von Manni gefüttert wird, widerspricht heftig. Zu Weihnachten gehört die Gans, davon ist er überzeugt. Auch, dass er der beste Chirurg rechts der Isar war, eine Koryphäe der Gallenblasenoperationen. Klara nimmt den dritten Schluck aus ihrem Flachmann, der Rum breitet sich warm in ihrem Körper aus.

»Liebe Seniorinnen und Senioren …« Zu guter Letzt spricht die Stadträtin noch ein paar salbungsvolle Worte. Was redet sie da, denkt Klara: Wir sind nicht im kuscheligen Winter unseres Lebens angelangt, sondern im Vorhof zur Hölle. Gefangen in der Einöde unserer Gebrechen. Und ihr Leben würde sie geben für eine Zigarette.

Manni, der wahre Weihnachtsengel, flüstert ihr ins Ohr: »Soll ich dich mal kurz an die frische Luft schieben?«

Sie kann Gedanken lesen! Klara nickt erfreut und wird zu den Klängen von *Es ist ein Ros entsprungen* nach draußen gerollt. Es ist eine wolkenverhangene, milde Nacht, und der Mond versteckt sich. Still wäre es, wenn nicht der Lärm von drinnen käme. Klara holt den Rum, eine Zigarette und ein Feuerzeug aus ihrem Geheimfach. Neben Trinken ist auch Rauchen im Engelsstift verboten. Aus gesundheitlichen Gründen. Nachvollziehbar und unvorstellbar grausam für Menschen, die wie Kleinkinder gegängelt werden. Pfui, sagt die Direktorin, wenn sie jemanden beim Rauchen erwischt. Wer die Hausregeln übertritt, muss fünf Euro in die Gemeinschaftskasse zahlen. Daraus wird der alljährliche Ausflug im Sommer finanziert. Klara ist der Meinung, dass sie am meisten dazu beiträgt.

Sie nimmt einen Schluck und zieht genussvoll an der Zigarette. Die Lunge jauchzt, aber welche Rolle soll das noch spielen? Weint sie jetzt etwa? Schneeflocken fallen vom Himmel wie weiße Tränen. Klara fängt sie mit ihrer Zunge auf. Da ist immer noch das Gefühl, lebendig zu sein.

Trauer. Reste von Rebellion. Selbstmitleid im Überfluss. Sie ist dreiundachtzig Jahre alt, allein, an den Rollstuhl gefesselt und an dieses Heim der Untoten. Vielleicht ist sie es selber schon, hat es bloß noch nicht bemerkt. Vielleicht ist das ja die Hölle, in der sie sich längst befindet. Vorstellbar wäre das schon. Dann würden auch die Schlaftabletten nicht helfen, die sie seit Monaten hortet und unter der Matratze versteckt. Es sind an die fünfzig Stück, mit der Ausgabe von Tabletten sind sie immer großzügig im Engelsstift.

Klara raucht die Zigarette bis zum Stummel und wirft diesen dann weg in das weiße Nichts. Ein letzter Schluck aus dem Flachmann, offenbar hat Manni sie vergessen, und allein kann sie die schwere Tür nicht öffnen. Ich werde erfrieren, denkt Klara, und es ist kein schlechter Gedanke. Irgendwo hat sie gelesen, dass die Inuit die Alten, wenn sie für die Gemeinschaft nicht mehr nützlich waren, hinaus aufs Eis schickten. Zumindest machten sie es früher so.

Eine klare Ansage, denkt Klara. In einem früheren Leben war sie Schuldirektorin an einem Gymnasium. Verheiratet mit einem Sportlehrer, der mit sechzig einen tödlichen Autounfall hatte. Der Sohn studierte in Amerika und blieb dann gleich dort. Ihre nächste Verwandte, Anna, blockte alle Kontaktversuche ab. Sehr unitalienisch von ihr, und irgendwann hat Klara dann auch aufgegeben.

Verdammt, jetzt wird es kalt. Sie steckt die zitternden Finger in die Taschen ihrer Strickjacke. Scheißweihnachten. Nie mehr, denkt Klara, will ich so eine Feier mitmachen. Oder die Silvesterorgie, in der jeder eine Luftschlange werfen darf. Den Sommerausflug in ein bayerisches Wirtshaus mit alkoholfreiem Bier und Schweinsbraten. Nie mehr.

Und was wäre naheliegender, als dieses »Nie mehr« noch in dieser Nacht in die Tat umzusetzen?

Sollte Manni sie abholen, wird sie nicht erfrieren. Dann wird sie die Schlaftabletten nehmen, eine nach der anderen. Viel Wasser trinken. Und dann einschlafen. Einfach nur schlafen …

»Verdammt, ich hab dich glatt vergessen.« Mannis Stimme hinter ihr. »Entschuldigung, Max ist ausgerastet, und wir mussten ihn aufs Zimmer bringen. Du hast was versäumt, Klara. Er hat die Direktorin angebrüllt und sie eine ›blöde Fotze‹ genannt. Es war saukomisch.«

Klara lacht: »Und ich habe gehofft, dass ich rechtzeitig erfriere, bevor du kommst.«

Manni schiebt sie durch die Tür. »Quatsch nicht so blöd. Übrigens kam ein Anruf für dich, hab ich über dieser Weihnachtskiste total vergessen.«

»Von meinem Sohn?«

»Ne, von deiner Schwester. Anna Hammer, so heißt sie doch, oder? Na, jedenfalls hat sie für morgen ihren Besuch angekündigt. Ich sagte ihr, dass du ausnahmsweise Zeit hast.«

Mannis schwarzer Humor, den sie sehr schätzt. Annas Kontaktaufnahme überrascht sie, und in jedem Fall nimmt sie sich vor, bis zum nächsten Tag zu überleben. Um zu sehen, wie ihre Schwester jetzt aussieht, und warum sie nach all den Jahren zu Besuch kommt. Ob Anna hofft, von ihr etwas zu erben? Wenn ich noch ein Weilchen lebe, geht alles fürs Heim drauf, dann gibt es nichts mehr zu erben, denkt Klara. Andererseits hat sie das gerade nicht vor.

»Bringst du mich gleich aufs Zimmer? Der Flachmann ist leer.«

»Ich kann dir auch einen Joint geben.« Manni holt aus ihrer Kitteltasche eine Selbstgedrehte: »Alles Liebe zu Weihnachten, Klara.«

Sie wird sie bei offenem Fenster rauchen und darauf pfeifen, erwischt zu werden: »Danke schön! Ich dacht mir schon, dass du heute streng riechst.« Klara nimmt den Joint und steckt ihn in ihre Zigarettenschachtel. »Wie viele hast du schon davon verteilt?«

»Ach, ein paar«, erwidert Manni. »Schließlich haben wir ja irgendwie Weihnachten.«

23

Nackte Weihnachten

Als Held seines Lebens hat er sich nie gesehen. Mehr als einen, der sich im Labyrinth der Synapsen verirrt hat. Alle Wege führen zum Shrink. Umbringen will er sich nicht mehr. Nicht aus Liebeskummer, das wäre billig.

Die Gespräche mit Marie helfen. Sie ist auch so eine Person, die nicht in strahlender Rüstung daherkommt. Eher abweisend als zugeneigt, aus einem Misthaufen von Gründen. Marie hat ein großes Herz, was sie nie zugeben würde. Er mag ihre schroffen Minuten. Ihre ehrlichen Sekunden. Die Stunden, in denen sie den Gästen ihre Kochkunst und Weinkennerschaft verkauft und ganz professionell wirkt. Albian isst jetzt täglich im *Deli*. Sieht Russell Crowe immer ähnlicher. Sagt sie. Er hat zugenommen, zugegeben. Die Pillen, die er wieder absetzte, machen auch fett.

Depressiver und Alkoholikerin, hier haben wir, verehrtes Publikum, das Traumpaar des Jahres. Applaus, Applaus. Natürlich sind sie kein Paar, und selbst »Freundschaft« wäre übertrieben. Sie nähern sich einander an mit so viel Ehrlichkeit, wie sie gerade noch aushalten.

Marie hat ihm von ihrer Tochter erzählt, die so unerwartet vor der Tür stand. Lena, die sie mit verbrannten Nusskipferln in die Höhle der Löwin lockte. Wie sie dasaßen und nach den Jahren des Schweigens keine Worte fanden. Bis Marie ihre Tochter um Verzeihung bat. Für alles. Die vergeudeten Jahre.

Lena nickte nur. Ihr war das deutlich zu viel an Dramatik. Um die Situation zu entspannen, erzählte sie ihre Geschichte der letzten Weihnacht. Wie sie sich spontan nach Kopenhagen aufmachte, weil sie mit der neuen Freundin des Vaters nicht klarkam. Eine Unterkunft hatte sie über Couchsurfing gefunden. Bei einem jungen Paar, das sehr gute Bewertungen im Netz hatte. Allerdings gab es einen Haken: Die beiden waren Nudisten und erwarteten von ihren Couchgästen, dass auch sie sich unbekleidet in der Wohnung aufhielten. Mangels anderer Übernachtungsmöglichkeiten zog Lena ein und sich aus. Es war warm in der Wohnung, sie fror nicht. Scham? Eigentlich nicht. Sie fühlte sich nur seltsamer und verwundbarer als sonst. Am 24. wurde der Christbaum mit dänischen Fähnchen und Papierherzen geschmückt. Es kamen Freunde der Gastgeber zum Essen, die sich ebenfalls auszogen. Schweinebraten und süßer Reispudding in nackter Gesellschaft. Dann tanzten alle um den Baum und sangen dänische Weihnachtslieder. Auch Lena summte mit. Ihr verrücktestes Weihnachten aller Zeiten. Bisher.

Marie stopfte Kekse in sich hinein. Lauschte und lachte und erzählte keine ihrer Weihnachtsgeschichten, die viele Jahre an Theken, auf Toiletten und in fremden Betten spielten. Sie fragte nach Leon und bekam die Auskunft, dass der Bruder ein fauler, aber ziemlich genialer Arschkeks sei. Nach einer halben Stunde sah Lena auf die Uhr und meinte, dass sie noch in die Stadt müsse, um Geschenke zu kaufen. Marie holte aus ihrem Schlafzimmer den Ring ihrer

Mutter. Ein Herz aus Rubinen, das einzige Schmuckstück, das nicht versoffen worden war. Sie gab Lena den Ring und bekam eine Telefonnummer. Zu guter Letzt eine Umarmung, die Sekunden dauerte. Frohe Weihnachten. Bis bald.

Das ist für Marie ein Versprechen, dieses »Bis bald«. Daran klammert sie sich mit der Mutterliebe, die sie früher gegen Flaschen eingetauscht hatte. Selber schuld. Sie bekam eine Stunde Lachtherapie bei Sissy. Ein Vorweihnachtsgeschenk. Es war nicht leicht, aus dem Stand und ohne Grund mit dem Lachen zu beginnen. Sissy beherrscht es perfekt, und tatsächlich hat es etwas Ansteckendes. Hinterher fühlte sich Marie wie eine Idiotin, doch während der Stunde war es gut und sehr entspannend. Sie rät Albian, sich bei Sissy zu melden, wer weiß, vielleicht hilft es gegen Schwermut, sollte man nicht alles mal ausprobieren?

Sissy hat Luis von Ahlen gerade noch rechtzeitig vor Weihnachten den Laufpass gegeben. Er sei ein Lügner und Betrüger, sagt sie, und Luis zieht es vor, im *Deli* durch Abwesenheit zu glänzen. Er schuldet Marie hundertzwanzig Euro an offenen Rechnungen, immerhin. Doch in ihrer »Bis bald«-Stimmung ist sie bereit, diesen Verlust zu verschmerzen. Außerdem: Albian zahlt die zweite Rate ihres Weihnachtsdeals und verzichtet auf Baum und Gans. Das ist sehr großzügig. Dafür ist er an Heiligabend bei ihr eingeladen, zusammen mit den anderen Einsamen aus der Sternstraße 24. Doch gibt Marie die Losung aus, dass es ein »Resteessen« gebe anstelle eines festlichen Menüs. Ein Sammelsurium aus allem, was noch in Kühlschrank und Speisekammer zu finden sei. Neben Albian werden Anna und ihr italienischer Großneffe kommen,

Johnny Januschek, Valentina sowie Sissy, die ihrer Mutter kurz vor Torschluss abgesagt hat. Sie wird erst am 25. zur »Drachenburg« fahren, wie sie ihr früheres Zuhause nennt. Der Drachen ist die Mutter.

Anna hat sich ausbedungen, weit entfernt von Valentina zu sitzen. Und sie hat angekündigt, dass sie ihre Schwester Klara mitbringt, die sie aus dem Seniorenheim holen will. Fast beiläufig erzählt sie im *Deli*, dass Peter die Operation gut überstanden habe und bis zum 6. Januar im Krankenhaus bleiben müsse. Sie wolle kurz zu ihm hinfahren und dann Klara holen. Ihre Schwester sei immer schon nachtragend gewesen und werde sich noch zieren, doch Anna ist sicher, sie überreden zu können. Und überzeugt, dass Peter einen wunderbaren Weihnachtsabend im Kreise der Notdienstschwestern verbringen wird. »Solange sich eine Frau, irgendeine, um ihn kümmert, geht es ihm gut«, sagt Anna, und allen außer Marie gibt dieser Satz Rätsel auf. Was ist bloß in diese fünfzig Prozent des Traumpaars gefahren?

Marie hat für jeden ihrer Gäste in Nachtarbeit Stollen gebacken. Zeit, Geschenke zu kaufen, hatte sie nicht. Ihren Brüdern und Leon hat sie Baumkuchen geschickt. Männer mögen Baumkuchen, oder? Albian hebt ratlos die Schultern. Er isst alles, außer Austern, Froschschenkeln, Schnecken und Kaviar. Er war immer ein Einzelgänger, woher soll er wissen, was andere mögen oder ablehnen?

Er hat sich in Maries Boxclub angemeldet, weil er Fitnessstudios nicht leiden kann. Sissy von Kuehnen fragte ihn, ob er sie nicht zu einem Salsakurs begleiten wollte, und er verneinte höflich. Sissy lacht ihm zu viel, und Boxen gefällt ihm besser als Tanzen.

Wenn Weihnachten, dieses Kalorienfestival, vorbei ist, wird er sich seinem Körper zuwenden. Russell Crowe in *Gladiator*-Form werden. Oder auch nicht. Er vermeidet Gedanken an Lisa, versucht es jedenfalls. Die Gegenwart ist gut, diese Tage, in denen er auf der stumpfen Seite der Rasierklinge balanciert. Marie sagt, dass es nur darum gehe, diesen einen Tag zu meistern. Nie mehr, nie weniger. AA-Weisheiten, sie schüttet ein Füllhorn aus, und manches nervt, doch er bewundert sie für ihren Kampf. Lebenslänglich – wie er. Ob er sie deshalb mag? Er muss mit seinem Professor darüber reden, doch der ist im Urlaub auf den Bahamas. Ein Weihnachtsflüchtling, der ihm seine E-Mail-Adresse nur für Notfälle hinterlassen hat. Dazu zählt Marie noch nicht.

Albian hat ihr eine gigantische Espressomaschine gekauft, sein Weihnachtsgeschenk, von dem sie nichts ahnt. Ihr antikes Stück hat pünktlich vor dem Fest den Geist aufgegeben. Jetzt braut sie Filterkaffee und verschiebt die Neuanschaffung auf das nächste Jahr. »Vor Weihnachten passiert immer was«, sagt Marie. Kaputte Maschinen seien okay, erwidert er. Sie: Du bist in Gelddingen einfach blöd. Er: Weil mir Geld nichts bedeutet. Sie: Weil du noch nie dafür arbeiten musstest. Er: Ist doch nicht meine Schuld. Sie: Schon, aber mach wenigstens etwas Gescheites damit!

Warum wollen alle von ihm, dass er seinem Leben und seinem Geld einen Sinn gibt? Worin sollte der liegen? Reicht es nicht, aufzuwachen und diese Tatsache nicht zu bereuen – vierundzwanzig Stunden lang?

Sissy geht seit achtundvierzig Stunden nicht mehr ans Telefon, seit sie ihrer Mutter abgesagt hat und der Drachen mehrmals täglich anruft. Wenn nicht der Drachen, dann ist Luis in der Leitung – im Zweistundentakt. Man könnte sagen, dass er sie stalkt, seit sie die Affäre für beendet erklärt hat. Seine Mails und Kurznachrichten löscht sie ungelesen, und das Telefon hat sie auf lautlos geschaltet. Sie lacht oder meditiert, doch beides hilft nur begrenzt. Tatsächlich hat Luis es geschafft, ihr dieses Weihnachten gründlich zu versauen. Nicht nur, weil es eine hässliche Szene gab am letzten Abend ihrer Affäre. Er hat sie, davon ist Sissy mittlerweile überzeugt, auch noch beklaut. Ihr Ring ist weg, ein ziemlich wertvolles Erbstück, das ihr Vater ihr am letzten Weihnachten schenkte, bevor er wegging. Platin mit einem Diamanten. Sie hat ihn in der Schmuckschatulle im Schlafzimmer verwahrt, und eben erst fiel ihr auf, dass er verschwunden ist.

Luis – das war ihr erster Gedanke. Er wollte sich Geld von ihr leihen, und sie lehnte ab. Das war der Auslöser für einen Streit gleich nach dem Sex. Sissy erklärte ihm, dass sie keine fünftausend Euro habe, die sie ihm leihen könnte. Dass sie selber ziemlich pleite sei. Er glaubte ihr nicht und schimpfte sie »kleinlich«, sie konterte mit »verdammter Schnorrer«. Ein Wort gab das andere, und schließlich sagte sie ihm, dass er gehen solle. Für immer. Sofort.

Sie wechselte vom Schlafzimmer in die Küche und schenkte sich ein Glas Milch ein. Wartete dort auf ihn, und schließlich kam Luis mit diesem beleidigten Gesicht, um sein Jackett zu nehmen, das über dem Stuhl hing. Blieb ein paar Minuten schweigend stehen, um ihr Gelegenheit für eine Entschuldigung zu geben. Sie dachte nicht daran und wies mit der Hand in Richtung Tür.

Bye-bye, Luis. Sie war beinahe erleichtert, als die Tür ins Schloss fiel. Lachte eine Runde, setzte sich an den Computer und tippte ihrer besten Freundin, dass sie dem Idioten den Laufpass gegeben habe. Vom Auslöser des Streits schrieb sie nichts, davon musste ja nicht jeder wissen. Was für eine Chuzpe, sie anzupumpen, wo er doch ständig von seinen teuren Sportwagen und diversen Latifundien redete. Sissy hatte anfangs wirklich geglaubt, sich einen Goldfisch an Land gezogen zu haben. Aber nicht lange, es war zu viel Gerede. Und als Marie ihr erzählte, dass Luis sich von Anna Geld leihen wollte, begannen Alarmglocken zu schrillen. Luis ist, besser gesagt: war Stammgast im *Deli*. Jeder redete mit ihm oder hörte sich seine tollen Geschichten an. Doch dieser Engel kann nicht fliegen!

Tatsächlich schämt sie sich jetzt, dass sie auf Luis von Ahlen hereingefallen ist. Gut möglich, dass der Name auch falsch ist. Ein Hochstapler – oder schlimmer noch: ein Dieb. Es muss Luis sein, der den Ring gestohlen hat, niemand sonst war in ihrem Schlafzimmer. Doch: die Putzfrau. Aber die hat sie schon seit drei Jahren, und sie ist absolut zuverlässig. Und nun?

Sie sollte zur Polizei gehen. Und dann? Sich als Frau outen, die von ihrem Liebhaber nach dem Sex beklaut wurde? Wie gern würde sie mit Marie darüber reden, doch Marie rotiert nur noch in der Küche. Vor ihren Freundinnen geniert sich Sissy, die sind außerdem weihnachtsgestresst und das ganze Jahr über ziemlich boshaft, wenn es um Männer geht. Sie ist allein mit ihrer blinden Katze, die sich nur noch zum Fressen blicken lässt, und mit ihren Buddhafiguren, die sie mit Lametta geschmückt hat. Die

Räucherstäbchen verbreiten einen Duft, der vage an Weihnachten erinnert. Oder an Sri Lanka, wo sie vor zwei Jahren im Dezember war. Ein magischer Ort am Meer, jede Menge Yoga und Sex. Es war wundervoll dort, und wenn sie Geld hätte, wäre sie dieses Weihnachten wieder hingefahren. So muss sie mit Marie und den anderen Freaks vorliebnehmen, was aber immer noch besser ist als ein unheiliger Abend in der Drachenburg. An den Feiertagen wird sie sich Liebesfilme anschauen, vor allem *Stadt der Engel*, und zur Abwechslung viel weinen.

Sobald Mutter tot ist, werde ich den Kasten verkaufen, denkt Sissy. Vorher wird sie mit der Verwandtschaft streiten müssen, aber die hat sicher auch keine Ambitionen, das Gemäuer für die Familie zu erhalten. Die Verkaufssumme geteilt durch drei würde immer noch für ein paar Monate in Sri Lanka reichen. Oder Jahre.

Der Blick aus dem Fenster lässt diese Phantasie noch strahlender erscheinen. Sonne und Wärme statt grauem Himmel und feuchter Kälte. Von Schnee keine Spur, Sissy kann sich nicht daran erinnern, dass sie je weiße Weihnachten in der Stadt erlebt hat. Das Fest der Liebe, ha. Da kann sie nur lachen. Jedes verdammte Mal, wenn sie jemanden kennenlernte, war die Sache spätestens vor Silvester zu Ende. Einen Grund gab es immer, oft mehr als einen. Und meist war sie es, die verlassen wurde. Sissy glaubt inzwischen, dass sie Pech in der Liebe hat. Großes, gemeines Pech, das sie nicht verdient. Sie ist vierzig, nicht blöd, keineswegs hässlich und ein spirituelles Wesen. Wenn die Liebe geht – wohin dann?

Als sie das den goldenen Buddha im Wohnzimmer fragt, grinst er sie an. Die Katze, weil blind, läuft gegen den Fernsehschrank und schafft es erst im zweiten Anlauf, darunterzukriechen. Es klingelt an der Haustür. Sissy fragt über die Sprechanlage, wer Einlass begehrt (nicht jeder findet diese Formulierung komisch), und erfährt, dass es der Paketdienst ist. Sie öffnet, weil sie Bücher und CDs bestellt hat, und steht an der Tür, als Luis um die Ecke kommt.

Der Versuch, ihm die Tür vor der Nase zuzuschlagen, scheitert an seinem Fuß. »Ach komm, Sissy …«

Sie könnte um Hilfe schreien. Sie holt tief Luft, als er ihr seine Hand auf den Mund legt und sie in den Flur drängt. »Nicht schreien, Sissy, ich tue dir nichts, ehrlich.«

Als sie ihm in die Hand beißt, sind sie schon drinnen. Luis sagt »oh« und nimmt seine Hand weg.

Sie drückt ihm den Zeigefinger ans Herz. »Nimm nicht das Wort ›ehrlich‹ in den Mund, Luis. Was willst du hier? Und warum rufst du dauernd an?«

»Weil ich dich liebe.« Luis geht voraus in die Küche, Sissy folgt ihm. Angst hat sie keine, sie ist eher wütend.

»Ach so, und deshalb hast du meinen Ring geklaut. Das nenne ich jetzt aber einen echten Liebesbeweis.«

Luis greift in seine Jacketttasche. Burberry, secondhand, genau wie der Schal und die Schirmmütze. Er trägt nur Markenklamotten, die er sich nicht leisten kann. Legt den Ring auf den Küchentisch. »Es tut mir leid, Baby, ehrlich. Es war eine spontane Reaktion. Ich war so verletzt, weil du mich rausgeworfen hast. Wie von Sinnen. Aber wie du siehst: Ich bereue und bring ihn dir zurück. Hast du einen Espresso für mich?«

Der Mann vieler Worte beeindruckt sie einmal mehr. In allem, was mit Liebe zu tun hat, ist sie eine Idiotin. »Warum gehst du nicht ins *Deli*, wenn du Kaffee willst?«

»Weil ich Marie Geld schulde und keines habe.«

»Sind wir jetzt auf dem Wahrheitstrip?« Sissy hantiert mit der Espressomaschine. Er sagt in ihrem Rücken: »Dass ich dich liebe, das ist die Wahrheit. Das meiste andere war gelogen. Ich bin wirklich ziemlich pleite, Sissy. Und mein Kumpel hat mich aus seiner Wohnung geworfen.«

»Hast du ihn angepumpt? Oder bestohlen?« Oh, sie hat Oberwasser. Sie ist die Gute, und er ist der Böse. Angekrochen kommt er, das gefällt ihr.

»Weder noch. Ich bin in einer verzweifelten Lage. Und ich breite mein Herz vor dir aus.«

Sie stellt ihm den Espresso hin. Das hier ist der falsche Film: »Hör zu, Luis: Wir hatten eine schöne Zeit, aber mehr war es nicht. Und danke, dass du mir den Ring zurückgebracht hast. Obwohl ... na ja, es ist Weihnachten. Ich verzeih dir. Aber das war's dann auch.«

Er hat feuchte Augen, ihre funkeln vorwurfsvoll. Luis senkt seinen Kopf als Erster. Und ja, jetzt möchte sie gerne schwach werden. Weihnachten nicht allein sein. Silvester auch nicht. Eigentlich nie mehr …

Luis sieht hoch und lächelt. »Ein Geschäft ist geplatzt, in das ich sehr viel Geld gesteckt hatte. Aber ich erwarte eine Anweisung von Liechtenstein, ein anderer Deal, der gerade erst Geld abzuwerfen beginnt. Nach Weihnachten, aber garantiert im neuen Jahr, bin ich wieder flüssig. Was sagst du, Baby?«

»Nenn mich nicht ›Baby‹.« Sissy sieht in seinen Augen jetzt etwas anderes. Größenwahn. Einen Hauch von Irrsinn. Lügen, an die er selbst glaubt. Die Liebe oder vielmehr die Idee der Liebe blutet aus in diesem Augenblick. Sie nimmt den Ring vom Tisch und steckt ihn an den Finger. »Ich wünsch dir nur das Beste, Luis. Aber du musst jetzt gehen. Meine Mutter kommt gleich. Und sie ist ein übler Drachen.«

Das ist eine Lüge, allerdings nur eine halbe. Sissy tut sich leid. Sie ist eine lachhafte Künstlerin, und Luis ein Hochstapler. Klingt romantisch, ist es aber nicht.

»Dein letztes Wort, Sissy?«

Sie nickt. Geht einen Schritt zur Seite, als Luis aufsteht. Sie bleibt steif stehen, als er ihr einen Kuss links und rechts und wieder links gibt. Die heilige Dreifaltigkeit des Grußes. Dann geht er, und sie wartet, bis die Tür ins Schloss fällt, bevor sie zu lachen beginnt.

24

Rat mal, wer zum Essen kommt

Mit achtzehn Jahren schwor Eva, nie wieder Weihnachten zu feiern. Sie war jung, ihr Herz schlug links, und sie verabscheute Familienfeiern als willkürliche Zusammenrottungen mit Lametta. Weihnachten! Die Zeit, in der ihre Eltern zwanghaft besinnlich, unheimlich katholisch und äußerst reizbar wurden. Tischgebete mit Tante Josefa, die selbst gestrickte, kratzige Pullover verschenkte. Karpfen blau mit Sahnesauce zu Moselwein. *Stille Nacht, heilige Nacht* mit Blockflötenbegleitung. Der Baum war oft schief, fiel aber leider nie um.

Oh ja, Eva wurde zur Weihnachtsfeindin. Vieles und viele hasste sie als Studentin, doch dann traf sie Tony, den Jungpsychologen, der sie schwängerte und zum Standesamt führte. Eins, zwei, drei Kinder. Da blieb wenig Zeit für Hassenswertes. Ab und zu schrieb sie Artikel für ein alternatives Blatt, das schlecht bezahlte. Und Weihnachten? Na ja, man wollte es den Kindern nicht vorenthalten, selbst wenn diese nicht katholisch erzogen wurden. Zähneknirschend besorgte Eva Weihnachtsbäume, eingetopft, und behängte sie mit Keksen und verschrumpelten Äpfeln. Sie kochte Biolamm vom Bauern ihres Vertrauens. Sie und Tony spendeten für Greenpeace. Die Geschenke für die Kinder waren praktischer Natur.

Es hat den Anschein, als ob Eva Kleist sich mit ihrem Leben als Ehefrau, Mutter und Minderbeschäftigte arrangiert hat. Zumal sie immer wieder neue Projekte findet, für die sie sich engagieren könnte. Künstlerisches, Soziales, Politisches – und zurzeit Urban Gardening. Sie kümmert sich aufopfernd um den Garten des Hauses in der Sternstraße – unter streng biologischen Vorgaben. Sie verabscheut den Knaben aus dem zweiten Stock, der durch ihre Beete trampelt, sowie den Mops, der sein Revier markiert, wenn Penny mal wieder zu faul ist, in den nächsten Park zu gehen.

Zwei ihrer Kinder sind bereits aus dem Haus, und Fee, die Jüngste, ist mit sechzehn Jahren alt genug, Evas Heiligtümer zu respektieren. Allerdings herrscht seit dem letzten Streitgespräch eine gewisse Gereiztheit zwischen Mutter und Tochter. Es war Fees idiotischer Weihnachtswunsch, einen Flüchtling aufzunehmen. Umrahmt von antikapitalistischen Bemerkungen, an die Eva sich noch vage erinnern kann. Die Lösung, die Tony gefunden hat, ist beinahe genial: ein Flüchtling zu Weihnachten, aber eben nur für ein paar Stunden.

Eva tendierte bei der Auswahl mehr zu jung, weiblich, syrisch, während Tony meinte, dass ihm das egal sei, Hauptsache, ein Studierter. Weil es ja doch schwierig sei, Rassen- und Klassenschranken auf einmal zu überwinden. Eva fand diese Bemerkung ein wenig reaktionär, doch sie hielt sich zurück. Tony, engagiert in allen möglichen Benefizprojekten, war kurz vor Weihnachten überarbeitet und ziemlich gereizt. Als ob sie nicht auch Grund zur Klage hätte: der Baum, das Essen, die Geschenke – zwar überwiegend im Versandhandel bestellt, aber immerhin.

Tony informierte die Familie: Jesus Molokwe stammt aus Eritrea und studierte in Asmara Informatik, bevor er flüchtete und schließlich in München, in der Bayernkaserne, landete. Das Weihnachtsgeschenk für die gute Fee. Sie war mäßig begeistert und maulte etwas von einem faulen Kompromiss.

»Ich bitte um Weihnachtsstimmung«, sagt Tony zu seiner Tochter, als es am 24. Dezember um siebzehn Uhr klingelt. Nach unten ruft er »Vierter Stock.«

Eva ist in der Küche über einen Hirschbraten gebeugt. Ein ethisch vertretbares Stück Fleisch von einem Jäger ihres Vertrauens. Sie kann Tonys Gesicht also nicht sehen, als anstelle von einem ganze drei dunkelhäutige Mitbürger vor der Tür stehen. Jesus überreicht eine Flasche Cognac und sagt in recht gutem Deutsch: »Frohe Weihnachten, ich hoffe, es macht nix, dass ich zwei Brüder mitbringe.«

Sie sind nicht verwandt, sondern nur Freunde, wie er später erklärt. Es macht keinen Unterschied. Tony lächelt wie ein angeschossener Hirsch, Fee findet die Überraschung wahnsinnig komisch, und Eva deckt den Tisch neu. Sie schickt ihre Tochter hinunter zu Marie für mehr Brot und einen zweiten Christstollen. Oder was immer sie übrig habe.

Es ist eine schöne Bescherung. Eva sorgt sich nicht nur darum, ob genügend zu essen da ist. Es macht ja doch einen Unterschied, ob man mit einer Kerze auf die Straße geht – oder seine Tischkerzen für drei Afrikaner anzündet. Obwohl sie nett zu sein scheinen, auch gut angezogen für Flüchtlingsverhältnisse. Aber dass sie schon bei der Vorspeise über die Probleme in der Bayernkaserne reden, findet Eva dann doch übertrieben. Besonders den Punkt mit dem sexuellen Notstand. Als ob die nicht genug andere Probleme hätten!

Fee fragt den dreien Löcher in den Bauch, zwischen Englisch und Deutsch jonglierend. Sie antworten abwechselnd, Jesus spricht das beste Deutsch. Er erzählt von der Odyssee übers Meer, Libyen, die Türkei, Griechenland, Serbien, Österreich und Deutschland. Von den Schwestern und Brüdern, die es nicht geschafft haben. Der Grund für die Flucht? Als evangelikale Christen werden sie vom Diktator verfolgt, gefoltert, ermordet. Wie überhaupt Eritrea ein einziges großes Gefängnis sei.

Tony stimmt zu, er hat sich vorher bei Wikipedia über eritreische Verhältnisse informiert. Die Stimmung wird allmählich entspannter, was am Weinkonsum liegen muss. Es wird recht viel getrunken, mehr Wein als Wasser, und zur Feier des Tages darf auch Fee in Maßen Alkohol zu sich nehmen. Eva hat ein Auge darauf.

Das Auf- und Abtragen der Speisen bleibt der Hausfrau überlassen, das scheint auch in Afrika üblich zu sein. Es bleibt nichts übrig vom Hirschbraten, den Knödeln und dem Rotkohl aus eigenem Anbau. Als Nachtisch serviert Eva Rumfrüchte mit Christstollen und Weihnachtsgebäck. Sie legt eine CD mit internationalen Weihnachtsliedern auf.

»Geteilte Freude ist doppelte Freude«, sagt Tony. Fee verzieht ihr Gesicht zu einer Grimasse. Eva denkt, dass er manchmal ins Salbungsvolle abgleitet, und auch, dass die Rumfrüchte vielleicht keine gute Wahl waren. Sie spürt den Alkohol schon, erst Sekt, dann Wein und jetzt besoffenes Obst. Fee hat rote Bäckchen, wie wird es erst den Afrikanern ergehen, die bekanntlich nicht viel vertragen? Eva gießt ostentativ Wasser in die Gläser und lächelt ein wenig gezwungen. Sie hat auch das Tafelsilber im Auge, ein Erbstück von ihrer Großmutter und ziemlich wertvoll. Nicht, dass sie ihren Gästen, den Gebetenen und Ungebetenen, etwas unterstellen möchte, aber man weiß doch, dass Flüchtlinge kaum über Bargeld verfügen. Was eigentlich eine Schweinerei ist, denkt Eva, weil Deutschland ein so reiches Land ist.

Nach dem Dessert überreicht Tony seinem Gast einen Bildband über Bayern, den er in der Ramschecke bei Lehmkuhl gekauft hat. Eva gibt den beiden anderen je eine Flasche von dem Aldi-Wein, den sie an diesem besonderen Abend nicht ausschenken. Frohe Weihnachten. Merry Christmas. Und alle Menschen sind Brüder. Und Schwestern. Eva macht sich steif. Sie findet die Umarmungen übertrieben herzlich.

Es kommt der Punkt, an dem gemeinsame Themen ausgehen. Fee fotografiert mit ihrem Handy und verschickt spitzzüngige Weihnachtsgrüße an ihre Freundinnen. Jesus spielt mit dem iPhone, und seine Freunde versenden Apps oder simsen. Eva findet das unhöflich, aber schließlich hat ihre Tochter damit angefangen, was soll sie sagen – außer, ob jemand Kaffee möchte, diese erste Andeutung der Gastgeber, dass es an der Zeit ist, aufzubrechen.

»Bitte kein Weihnachtsgedudel mehr«, sagt Tony, als Eva die CD abermals abspielen will. Fee geht mit Jesus und den beiden anderen auf den Balkon, wo geraucht wird. Eva behält sie im Auge – aus einer Vielzahl von Gründen. Sexueller Notstand im Flüchtlingsheim ist einer davon.

»Sie sind doch nett, oder?«, sagt Tony leise, als Eva Geschirr abträgt.

»Ganz nett. War eine prima Idee von dir, auch wenn sie sich verdreifacht hat.«

»Ist ja nicht meine Schuld, Liebste. Du hast übrigens hervorragend gekocht.«

»Danke.« Die Komplimente hat sie bereits von ihren Gästen entgegengenommen, auch wenn sie den Eindruck hatte, dass es ihnen überhaupt nicht schmeckte. Nach dem Nationalgericht seiner Heimat gefragt, erzählt Jesus, dass zu Weihnachten Kitcha und Injera mit Tsebhi gegessen werden. Brot, das in einen scharf gewürzten Eintopf mit Lamm oder Rind getunkt wird. Und ja, der Fraß in der Bayernkaserne sei schrecklich. Das ist der Punkt, an dem Tony die Idee eines Kochprojekts von Münchner Bürgern und Flüchtlingen entwickelt, bis Fee ihn unterbricht: So etwas gebe es längst. »Na bitte«, sagt Tony, klingt aber etwas beleidigt.

Eva serviert Kaffee und findet es keine gute Entscheidung von Tony, die Cognacflasche zu öffnen. Doch sie lässt sich auch einen einschenken und achtet darauf, dass Fee nur noch Wasser trinkt. Und sich nicht über Gebühr mit Eritrea verbrüdert. Wie ihr Vater, der sich als Afrikakenner inszeniert und viel zu viel redet.

Cognac ist ein teuflisches Getränk. Irgendwann fließen die Worte der anderen wie blaue Karpfen in weißen Sahnewolken an Eva vorüber. Irgendwann geht sie auf den Balkon und schläft dort ein. Wacht auf, als Fee sie rüttelt. Die Gäste sind weg, und ihre Tochter verkündet, dass sie noch kurz ins *Deli* gehe.

»Das ist doch geschlossen«, murmelt Eva.

»Marie hat ein paar Leute eingeladen. Mich auch. Ich bleib nicht lange.«

Weg ist sie, und Tony sitzt am Esstisch und schenkt sich den Rest aus der Flasche ein. »War verdammt unhöflich von dir, einfach zu verschwinden. Ich als Flüchtling hätte das als Affront empfunden.«

»Du bist aber keiner.« Eva trinkt Wasser aus der Flasche. »Wann sind die gegangen?«

»Vor einer Viertelstunde. Sie waren ganz schön blau.«

Das bin ich auch, denkt Eva, und Tony sieht auch nicht mehr nüchtern aus. Seine Worte erreichen sie mit gewisser Verzögerung. Sie besagen, dass man noch Gläser und Geschirr in die Spülmaschine räumen sollte. Eva ginge lieber gleich ins Bett, doch sie sieht ein, dass ein Erwachen am 25. mit aufgeräumter Küche besser ist.

Tony reicht ihr Teller und Tassen, die sie in die Maschine sortiert. Klirrend. Das Schweigen klingt gefährlich. Frohe Weihnachten, denkt Eva, und danach kommen Ostern und wieder Weihnachten – und irgendwann bin ich alt und dann tot. Auch meine Pflanzen werden sterben, weil sich niemand um sie kümmern wird.

»Wir sollten das öfter machen – Flüchtlinge zu uns einladen«, sagt Tony. »Vielleicht könnten Jesus und seine Brüder das nächste Mal für uns kochen, das wär doch fein.«

Nein, denkt Eva. Sagt: »Ich hasse äthiopisches Essen.«

»Eritrea, Eva.«

»Das Essen ist das gleiche.« Weiß sie zwar nicht, sagt es aber. Und dann – in einem Augenblick größter Klarheit: »Der silberne Saucenlöffel fehlt!«

»Ach was«, sagt Tony. »Der ist sicher irgendwo.«

Sie suchen die Spülmaschine und die Küche ab. Er ist nirgendwo. Eva fühlt eine Riesenwut, die der Saucenlöffel gar nicht verdient. »Nennt man das jetzt Mundraub – oder was?«

Tony sucht immer noch. »Ich glaub das nicht. Sie waren so nett. Warum sollten die einen Saucenlöffel klauen!«

»Um ihn zu versilbern.« Sie äfft ihn nach: »Sie waren so nett ... und du bist auch so nett ... und mein Leben ist die fette nette Ödnis. Man sollte die Kerle anzeigen!« Sie knallt die Tür der Spülmaschine zu.

»Du bist eine üble Rassistin«, blafft Tony.

»Und du ein impotenter Weltverbesserer.« Sie meint das in Bezug auf die Welt, doch Tony fasst es falsch auf. Sonst hätte er sie wohl kaum eine frigide Hure genannt. Killing fields in Schwabing, und als der bösen Worte genug gewechselt sind, geht Tony ins Schlafzimmer, nimmt den Topf mit ihrer Cannabis Indica und lässt ihn im Wohnzimmer zu Boden krachen. Eine spontane Handlung, die ihm sofort leid tut. Doch zu spät, denn Eva schreit auf und greift dann nach den Krippenfiguren, antik, Erbstücke seiner Großmutter. Sie bewirft ihn erst mit dem Esel, dann mit den Heiligen Drei Königen, Josef und Maria …

Einen Treffer quittiert sie mit Triumphgeheul. Es war Josef. Sie hört erst beim Jesuskind auf, das ganz allein in der Krippe bleibt. Auf dem Wohnzimmerboden liegen Scherben. Tony hält sich die schmerzende Stelle am Oberarm. Evas Gesichtszüge sind auf ganzer Strecke entgleist. Sie ballt ihre Fäuste wie ein Profi. »Na komm schon, du Feigling, tragen wir es aus …«

»Seid ihr vollkommen verrückt geworden!«

Fee steht an der Wohnzimmertür. Ihre Stimme hat die Wirkung eines Eimers Eiswasser. Eva senkt ihre Fäuste. Tony fängt sich als Erster. »Wir haben wohl etwas überreagiert. Deine Mutter …«

»Du hast angefangen«, sagt Eva. »Mit dem Topf.«

»Das stimmt. Tut mir leid. Ehrlich.« Er geht zu seiner Frau und umarmt sie. Eva bleibt steif, wehrt sich aber nicht. »Ich besorg dir eine neue Pflanze, versprochen.«

»Und ich ein paar Krippenfiguren.« Eva denkt, dass in einem atheistischen Haushalt eine Krippe ohnehin überflüssig ist.

Tony denkt, dass sie unersetzlich sind. Aber was soll's, es waren ja doch nur Staubfänger.

Fee umkreist vorsichtig die Scherben. Es wäre definitiv besser gewesen, noch bei Marie zu bleiben. Es war schön im *Deli*, und hier herrscht reinstes Chaos. »Wieso habt ihr gestritten? Als ich ging, war doch noch alles paletti.«

Eva und Tony fast synchron: »Der silberne Saucenlöffel.«

»Meint ihr den hier?« Fee zeigt auf den Boden. Vom Teppich fast verdeckt liegt ein silbernes Etwas. Sie hebt es auf. »Der Saucenlöffel! Habt ihr den gesucht?«

Tony könnte jetzt etwas sagen, tut es aber nicht. Eva schämt sich, jedoch nur ein bisschen. Fee zählt eins und eins zusammen und findet ihre Eltern grässlich. »Ich will's gar nicht wissen, Leute. Bei Marie war es echt lustig. Und so friedlich. Ich hasse Weihnachten!«

Fee schlägt die Tür zu ihrem Zimmer zu. Tony geht auch zu Bett, leiser. Eva kehrt die Scherben auf. Sie sieht eine gewisse Symbolik darin, weiß aber nicht, welche.

Eine literarische Golfrunde um den Globus

Christine Grän
Amerikaner schießen nicht auf Golfer
Roman, Hardcover, 238 Seiten
978-3-86913-413-0 · € 17,90

Golfer sind auch nur Menschen. Sehnsüchtige Singles und Paare auf Kriegsfuß. Manager, Zocker, Hochstapler und Killer. Guerillas auf Abwegen. Beste Feindinnen und böse Damen. Jeder Schlag zählt, und manche spielen falsch.

Ob in Schottland oder Marokko, Thailand, Kuba oder Deutschland – die Golferinnen und Golfer aller Couleur verbindet jene Leidenschaft für ein Spiel, das vor allem darin besteht, sich immer wieder selbst zu besiegen. Der Glaube, eines Tages die perfekte Runde zu schaffen. Der Zweifel. Der Zorn. Die Demut. Die Sucht. Golf ist eben mehr als nur ein Sport ...

Eine literarische Golfrunde um den Globus: schräg und spannend, komisch und tragisch, zärtlich und mörderisch.

»Christine Grän schrieb 18 geniale Shortstorys, die alle eins gemeinsam haben: Sie spielen auf weltberühmten Golfplätzen ... Brillant!« *ELLE*